다른 차원으로 가는 문

Golden Time

이주희
장편소설

다른 차원으로 가는 문(골든 타임)

초판 1쇄 인쇄 2014년 8월 18일
초판 1쇄 발행 2014년 8월 27일

지은이 이주희
편　집 얼앤똘비악, 로앤오더
디자인 얼앤똘비악, 로앤오더
그　림 윤지혜
펴낸이 백승대
펴낸곳 매직하우스

출판등록 2007년 9월 27일 제313-2007-000193
주　　소 서울시 마포구 월드컵북로 260, 31동 1011호
(성산동, 시영아파트)
전　　화 02) 323-8921
팩　　스 02) 323-8920
이메일 magicsina@naver.com
ISBN 978-89-93342-39-0

책값은 표지 뒤쪽에 있습니다.
파본은 본사와 구입하신 서점에서 교환해드립니다.

다른 차원으로 가는 문

Golden Time

매 순간 골든타임이 존재한다.

사랑을 표현하는 순간, 용서를 구하는 순간,
나 자신을 구하는 순간, 생명을 책임지는 순간.

이 책은 그 순간에 대해 말하고 있다.

차 례

1. 비밀

나는 다시 창가 너머를 바라봤다. 오
물들은, 어느 새 나의 몸을 창가의 난
간 위로 올려놓았다. 매일 새벽 밤이
면 찾아들던 그것은. 그 날의 잊지 못
할 말을 매일 밤이면 했다. 그리고,
그것이 지금 내게 물었다.
“좋아?

언제부터였을까.

그 모든 이를 뒤로하고 방관하며,

초연히 홀로 걷기를 시작했을 때.

나는 웃었다.

그러나 내 안의 나는 웃지 않았다. 그래서 나는 웃었다.

힘겨운 재활치료를 끝마치고 얼마 남지 않은 퇴원소식에 들떠,

콧노래를 부르고 있었다.

검은 사람을 우리 집에 재울 거란다.

아무렇지 않게 그저 밥 먹자와 같은 표정으로 어미가 말한다.

까맣게 잊은 듯. 한 치에 망설임도 없이 지워버린 듯.

작은 배가 가라앉는다.

계속 계속 가라앉는다.

그렇지만 이내 다시 떠오른다.

기대가 없으면 슬픔이 생기지 않는 것처럼.

나는 울었다.

그러나 내 안의 나는 울지 않았다.

그래서 나는 울었다.

감춰오는 것이 '그것'이라는 것을 무시한 채.

'비밀'이라는 것을 들고, 혼자 달나라로 가버렸다.

그것이 나의 비밀일까, 너일까.

태양이 비춰 주지 않는 음지에 깊게 깊게 묻었다.

2011~2014 주희 노트 중에서

2013년 여름 재활병원.

"주희!"

사각 소리를 내며 시를 쓰고 있던 주희의 뒤에서 굵직한 목소리가 들렸다. 주희는 소리나는 쪽으로 뒤를 돌았다.

"Why."

주희는 다시 앞을 보며 고개를 낮췄다. 좋은 목소리를 가진 남자의 이름은 동수. 초등학교 교과서에나 등장할 법한 이름이었다. 주희는 그 생각에 픽 웃었다.

"또 그 웃음이네."

주희는 그의 말이 끝나기가 무섭게 낮은 숨을 내쉬었다. 그 낮은 모습에 남자는 웃었다.

"말해 봐. 무슨 일인데?"

어느새 주희의 옆 자리에 마주 보며 앉은 남자는 침대 머리의 살짝 기대앉는다. 주희는 흘깃 남자를 쳐다보며, 뜸을 들이다 말했다.

"자꾸 과거를 들추려니까."

주희는 느릿느릿 말을 뱉곤 힘없는 얼굴을 했다.

"과거?"

"응. 나 에세이 쓰잖아."

남자는 이상하게도 그럴 줄 알았다는 듯 고개를 끄덕거렸다.

"그럴 땐 누구한테 말하고 나면 생각을 글로 옮겨 쓰기가 쉽지."

주희는 남자의 무심한 얼굴을 들여다봤다.

"…지금?"

남자는 고개를 끄덕였다.

주희는 남자의 그윽한 시선을 바라 봤다. 뭐, 어차피 누구든 보라고 글을 쓰는 거니까. 주희는 그래그래 하며 조용히 눈을 감았다.

"…있잖아. 나 초등학교 때 무지 놀림 받았다."

어둠 속에서 남자의 가벼운 웃음이 전해졌다.

"왜, 그때 누구나 하나쯤은 있잖아. 친한 친구들 중에서도 단짝 같은 거. 그런데 그 애는 나밖에 친구가 없었거든. 지금 생각해보면, 그 애가 나를 미워했을 거란 것도… 짐작이 가."

주희는 괜한 웃음이 흘러나왔다.

"같은 반 친구 중에 왜 꼭 예쁘게 생겨서 밉상인 애들 있잖아. 내가 단짝인 친구랑 놀고 있는데 그 애가 오더니 내 단짝이랑 놀지 말라는 거야. 그런데, 그 애도 친했거든. 나랑."

남자는 물었다.

"왜?"

주희는 눈을 감은 채 웃었다.

"구리다고."

남자는 웃으며 이죽거렸다.

"초등학생이 구린 걸 알아? 그래서?"

"뭘 그래서야, 개랑 절교했지. 내 단짝이랑은 더 친해지고. 그런데, 우리 엄마가 그때 혼자 늘 했었던 말이 있었거든. 아니 땐 굴뚝에서 연기나냐는 말"

주희는 목소리를 낮췄다.

"어느 날. 학교 끝나고 단짝 집에 가려는데 거의 다 와서는 단짝이 집 앞에서 잠깐 기다려달라는 거야. 집에 엄마가 있으면, 설거지라도 하고 나와야 한다고. 나는 조금 의아해했지. 단 한 번도 그랬던 적이 없었거든. 그래도 일단 알았다고 하고 계속 서 있었어. 한 30분 쯤 지났었나 되게 오래 기다렸는데 그 애가 나오질 않는 거야. 교복에서 휴대폰을 꺼냈는데, 전원은 나가있고. 하늘을 보니까, 당장이라도 비는 쏟아질 것 같고. 그런데, 나 그때 되게 불안했다. 무섭고."

남자는 더 이상 웃지 않았다.

"그 애가 안 올 것 같았거든. 내일 학교에 가면 있을 일도 느꼈거든. 그 애는, 내 비밀을 알고 있었으니까."

주희는 자세를 고쳐 앉았다. 열어둔 창가 너머로 그 날의 바람들이 선선하게 들어왔다.

"그 때, 비 맞은 생쥐 꼴로 집으로 걸어가는데. 트럭을 세워놓고 수박 파는 아저씨가 내가 안쓰러웠는지, 큰 비닐 봉투를 하나 주는 거야. 나는 그냥 외면했지. 숙녀가 비닐 봉투 뒤집어쓰고 걸어 다니면 우습잖아. 그 때, 처음으로 비가 오면 좋은 점을 알았어. 그 때 그 누구도, 내가 엄청 울고 있다는 사실은 몰랐을 거야. 우리 엄마도 모를 만큼 감쪽같았거든."

주희는 감고 있던 두 눈을 떴다. 어느새 흘러내린 주희의 눈물이 그 다음의 이야기를 말해주고 있었다.

"학교에 갔지. 나는, 나를 좋아하지 않는 애 한 명 잃었을 뿐이라고 생각하면서. 그런데, 그때 교실 문을 열었는데, 내 단짝이 내가 절교 했던 그 아이랑 웃고 있는 거야. 절교 했던 그 애가 날 보면서."

주희는 힘든 얼굴로 눈물을 닦아냈다. 남자는 말없이 낮은 시선으로 몸을 가늘게 떨며 흐느끼고 있는 주희를 바라봤다. 우는 주희를 말리지도, 재촉하지도 않고 주희는 진정하려는 듯, 울음을 멈추려는 듯 긴 숨을 내쉬었다.

그리고는 천천히 고개를 돌려 남자를 바라보며 입을 뻥긋 뻥긋 움직였다.

'더러워.'

옥상. 하늘 공원.

여름날의 햇살이 보기 좋게 닿는 자리를 찾은 주희 발걸음이 빨라졌다. 주희는 누가 먼저 올세라, 종종 걸음으로 옥상 난간 벽에 섰다. 환자 생활을 오래하면서 주희가 가장 견디기 싫었던 것은 오늘의 하루가 더 이상 무의미하다고 느끼는 것이었다. 주희는 환자복 주머니 속에 든 담뱃갑을 꺼냈다. 익숙한 동작으로 테이블 위에 담뱃갑을 내려놨다. 해가 질 무렵, 저녁 운동을 끝내고 돌아와 보면 그대로 있을 때에도 있고, 없을 때도 있고 물론, 없는 날이 더 많았지만.

"애 늙은이."

멀리서 파란 옷 아저씨가 주희를 불러 세웠다. 주희는 고개를 숙여 인사치레를 했다. 아저씨는 2013년, 올해 재활병원 입원 중 알게 된 말 그대로 '좋은 사람'이었다.

"옥상만큼 좋은 곳도 없지?"

아저씨는 입에 담배를 문 채로 물었다. 주희는 그렇다는 듯 웃었다. 아침 햇살만큼 따뜻한 바람이 선선하게 불어왔다. 주희는 그 바람이 좋아, 적당한 자리에 앉았다.

"넌. 다리도, 얼굴도 멀쩡해 보이는데 병원 생활 오래한 환자 같아."

아저씨는 웃는 얼굴로 주희에게 오렌지 주스를 건넸다. 아저씨는 교통사고로 척추를 다쳤다고 했다. 주희는 하얀 연기를 내뿜는 아저씨를 장난스레 바라봤다.

"그건 아저씨도 마찬가지세요."

예상치 못한 주희의 반문에 아저씨는 쿨럭거리며 웃었다.

그러다 이내 아차 싶다는 듯 묻는다.

"어쩌다 다쳤니?"

주희는 오른 손에 쥔 오렌지 주스 캔에 힘을 실었다. 그러나 이내 스르르 놓아버렸다.

"…떨어졌어요. 4층에서."

"세상에…."

주희는 아무렇지도 않은 표정을 지었다. 아저씨는 내내 침묵을 지키더니, 다른 사람들이 늘상 물어보는 질문은 하지 않았다. 주희는 후회했다. 그저 '사고'라고만 할 것이지, 뭘 그렇게 자세하게. 그러다 이내, 엎질러진 물이라며 낮은 숨을 내쉬었다.

말없이 정면만 응시하는 아저씨에게 작은 인사치레를 하곤 주희는 병실로 돌아와 쓰러지듯 앉았다. 같은 병실을 쓰시는 할머니의 모습이 보이지 않았다. 주희는 이때다 싶어, 아이팟을 찾아들었다. 아이팟 속에 들어있는 노래 중 가장 시끄러운 노래를 찾아 볼륨을 최고 숫자에 맞췄다. 앞에 걸린 시계를 보니, 몇 분 있음 운동 시간이었다. 주희는 무거운 어깨를 매만지며 병원 침대에 몸을 뉘었다. 테이블에 놓은 담뱃갑은, 아저씨가 가져갈까. 주희는 조금 아쉬워지는 마음이 우스워 고개를 저었다.

5층. 운동 치료실.

주희는 흘러나오는 노래를 흥얼거리며 운동치료실 문을 열었다. 귀에 꽂은 이어폰 줄을 잡아당겼다. 운동치료를 도와주시는 선생님들과 큰 매트 위에 누워있는 환자분들이 씨름을 하듯 악 소리와 억 소리가 번갈아가며 들려왔다. 주희는 그 고통의 소리를 잘 알았기에 열심히 페달을 밟고 있는 환자들 사이로 빠르게 걸어갔다.

"주희 왔구나!"

2012년 입원 중. 주희의 치료를 잠깐 맡아주셨던 민성 쌤이었다. 주희는 고개 숙여 인사를 하곤 러닝머신에 올라섰다. 지금 당장 할 수 있는 걸음은 빠른 걸음, 제자리 뛰기 정도였지만 주희는 이것마저 감동스러워, 어느 날이면 러닝머신 위에서 저도 모르게 얼굴을 구기며 눈물을 흘리곤 했다. 1년 반 만에 얻은 걸음이기에 주희는 온 벽에 붙여진 거울을 봤다. 민성 쌤이 뒤에서 '파이팅!' 두 주먹을 불끈 쥔다. 그러곤 양 손으로 하트를 만들어 보였다. 주희는 그 우스운 표정에 바람 빠진 소리를 냈다. 러닝머신의 시간을 보니 'Time 7'이 떴다. 주희는 벌써부터 밀려오는 지루함을 이기려 '배고프다, 나는 지금 배고프다, 이따 더 배고플 거다.' 주문을 외웠다. 열심히 한 운동 뒤에 먹는 만찬은, 자신을 무지 행복하게 한다는 걸 알았기에.

"주희 씨, 아침 운동치료랑 작업치료 못할 것 같아. 미안."

거울에 비친 주연진 선생님이 곤란하다는 표정으로 말을 이었다.

"쌤들이 나이가 먹긴 먹었나봐. 손목을 움직일 수가 없으니, 나 원."

"그럼 저녁 치료는요?"

"내 손목 부러지더라도 해야지. 미안해, 러닝만 해야겠다. 오늘 아침은…."

주희는 괜찮다는 듯 고개를 끄덕였다. 'Time 32'가 보였다. 주희는 멈춤을 누르고 러닝머신에서 내려왔다. 병실로 돌아온 주희는 주섬주섬 침대 밑에 놓인 책을 꺼내들었다. 한 번도 주연진 선생님과의 치료가 중단되는 일은 없어, 그 때문에 홀로 운동을 해야 하는 일은 없었지만 가끔 운동이 지루할 때면 1층에서부터 3층까지 책을 보며 계단 오르기를 했다. 계단을 오를 때면, 다리의 온 신경과 조직들이 딱딱하게 굳어 돌덩이를 얹어 놓은 것 마냥 무거웠다. 그래도 책을 보면, 힘든 운동이라는 생각이 들지 않아 좋았다. 꺼내든 책을 확인한 주희의 얼굴에 웃음기가 번졌다.

주희는 땀으로 젖은 이마를 병원 소매 춤으로 닦아냈다. 복도를 걸어 병실로 향하는 주희의 발걸음은 가벼웠다. 침대 밑에 책을 대충 밀어 넣고, 사물함을 열어 지갑을 꺼내들었다. 병원 골목 앞의 마트를 가면서도, 그 마트에 눈부시게 펼쳐진 먹거리들을 볼 때에도 주희의 생각은 옥상의 하늘공원에 있었다.

“난 어째서 담뱃갑이 거기 그대로 있을 것 같지.” 제일 큰 요플레와 제일 맛있게 생긴 크림빵을 집어 들었다. ‘아침에 테이블 위에 담뱃갑 올려놓기’는 지금 다시 생각해봐도 똑똑한 일이야. 주희는 고개를 끄덕이며 입술에 크림을 잔뜩 묻힌 채로 병원으로 향했다.

옥상. 하늘 공원.

저녁 운동을 끝마치고도 따로 1시간에 걸친 재활운동을 마친 후 주희는 병실에 들리지 않고 곧바로 6층으로 향했다. 주희는 두근거리는 마음으로 엘리베이터에서 내렸다. 설레이는 마음으로 없음을 확인했었던 날들의 실망감을 아주 잘 알았지만.이미 수차례 경험을 해 본 결과, 그것마저도 재밌는 결과였다. 여기 재활병원에서는. 주희는 느릿한 걸음으로 애써 여유로운 표정을 짓고 테이블을 확인했다. 역시나, 없었다. 주희는 기대 못지않은 아쉬움에 쓰러지듯 의자에 앉았다. 이것마저도 이미 수차례 경험해 본 넋두리였다. 그때, 누군가 언저리에서 익숙한 목소리가 들려왔다.

“아니 매번. 어? 이것들이 사람을 가지고 노나! 이번에는 빈 곽이야, 빈 곽.”

주희는 쿡쿡 거리며 웃었다. 그러다 고개를 갸우뚱거렸다. 아닌데. 껌 넣었는데.

"거기 들어있는 거 내가 했어."

"뭐? 있었다고?"

"……."

"그래. 은단 껌 있더라."

주희는 빨개진 얼굴로 배를 움켜잡곤 웃어댔다. 재활 병원 안에서의 담배는 한 줄기 빛과 온전한 평화였다. 그 사실을 잠시 생각해보던 주희는 누가 말했던 것처럼 자신이 악랄하긴 하나보다 하며 다시 숨죽여 웃었다.

"애늙은이 작가님. 여기서 뭐해?"

아저씨가 터덜터덜 걸어와 자리에 앉는다.

"날이 좋아서요."

주희는 빨개진 얼굴을 가다듬고 애써 모르는 척, 자신의 만행을 주워 쓰레기통으로 던지고 가는 남자들을 슬쩍 바라봤다.

"뭐해? 데이트?"

중년의 긴 머리를 한 여자가 생글 생글 웃으며 옆 자리에 앉는다. 여자의 목소리는 나이가 무색할 정도로 듣기 좋은 목소리였다.

"데이트 좋아하시네."

파란 옷 아저씨는 말없이 입에 문 담배에 불을 붙였다. 주희는 고개를 숙이며 중년의 여자에게 인사했다. 중년 여자는 그래, 하며 주희를 물끄러미 바라보다 머리칼을 매만지려 손을 뻗는다.
"어머. 너 머리 참, 길다."
주희는 본능적으로 고개를 틀었다.
"머리 만지는 거 싫어하니?"
"네."
"예뻐서…."
"거 왜 왔어?"
여자는 풀이 죽은 모습을 하고는 어깨를 축 늘어뜨렸다.
"여기 재활병원 사람들은 잠만 자나봐."
중년 여자의 시무룩한 얼굴을 혀를 차며 바라보던 아저씨는 말했다.
"아침부터 운동하는 사람들이 밤에 잠자는 게 당연한 거지."
주희는 짙어진 파란 하늘을 확인하곤 주변의 이곳저곳을 둘러봤다. 그러나 꽃 한 송이 찾아볼 수 없는 것을 확인하고는 시무룩한 얼굴을 했다. 기대 없는 눈을 하곤 고개를 치켜들었다.
까만 밤하늘, 드문드문 반짝거리는 별이 있었다.
"내 인생이 너어무 심오해. 안 그래 자기야?"
"그래 보인다 야."
"별 있어요."
"응?"
여자는 길게 늘어뜨린 머리카락을 쓸어 넘겼다.
"그러네. 안주 삼기 딱 좋게 생겼네."

듣기 좋은 표현법에 주희는 기분 좋은 얼굴로 머리칼을 매만졌다.

"너? 혹시, 네가 그 코끼리 타면서 시 쓴다는, 그… 그! 고딩 작가?"

"이제 스물이에요. 작가도 아니에요."

주희는 수줍은 듯 웃었다.

"너 작가 맞어! 얘. 병원에서 하늘 보구 별 보구. 작가다 얘!"

천진난만한 표정을 지으며 말하는 여자를 보며 아저씨는 우습다는 듯 코웃음 쳤다.

"여기 오면 열이면 열. 별 보구 하늘 보구 다 하거덩?"

"…남자. 남자. 낭만도 없구 희망도 없구. 안 그래 예쁜이?"

주희는 웃음을 머금고 별에게서 시선을 거뒀다.

아저씨가 내뿜는 담배연기는 자욱한 곡선을 그리며 흩어졌다. 마치, 안개처럼.

주희는 조용한 얼굴로 엘리베이터에서 내려 병실 안으로 들어갔다. 텅 비어 있는 병실 안으로 달빛의 그림자가 들어왔다. 주희는 노트북과 방석을 챙기려던 손길을 잠시 멈추곤 달빛의 그림자가 낮게 깔린 벽면을 바라보다 이내 고개를 돌려 병실을 나갔다. 조금 피곤한 얼굴로, 주희는 머리를 매만지며 화장실안 비어있는 칸으로 들어가 문을 닫았다. 주희는 챙겨온 방석을 깔아 자리에 앉으며 노트북을 폈다. 노트북 모니터의 은은한 불빛 사이로 주희의 조금 가라앉은 얼굴이 비췄다. 주희는 자신의 글들을 느리게 읽어나갔다.

2011년 10월 25일

조용히 감고 있는 나의 두 눈 위로 햇살 한줌이 내려앉았다. 나는 눈살을 찌푸린 채 일어났다. 창가로 다가가 닫혀 있는 블라인드 줄을 잡아당기자 화려한 햇살이 한 가득 나의 눈에 닿았다. 오늘은 한 달 전, 나와 합의한 계획을 마침내 실행에 옮기는 날이었다. 나는 망설임 없이 편의점에 들려 와인 두 병을 샀다. 걷는 것을 원체 싫어하는 나였지만 편의점에서 아파트까지의 거리는 5분이면 충분했다.

처음엔 아빠 드레스 룸에 들어가 보기 좋은 넥타이를 골라 맬 작정이었다. 그런데, 그건 너무 충격일 것만 같고 나는 화장대 위에 찰랑 거리는 와인 두 병을 내려놨다. 조용한 눈으로, 이미 준비한 와인 잔에 새빨간 와인을 천천히 따랐다. 이 세상에 태어나 마지막으로 마시게 되는 술은 이렇게 싸구려 와인이구나. 한 병을 비우고 두 번째 병의 와인을 한 잔 한 잔 마실 때마다 결심은 더욱 단단해지고 죽음에 대한 두려움은 점점 무디어져갔다.

언니 방에서는 언제나처럼 요란한 음악소리가 울려오고 있었다. 내가 술에 취해 혹시라도 비틀거리며 큰 창문으로 뛰어 내렸을 때 다행이게도 '쿵.' 하는 소리는 듣지 못하겠지. 열어놓은 큰 창가 너머에서 가을밤의 바람이 슬금슬금 들어왔다. 술기운이 맴도는 나의 얼굴에 낮은 웃음기가 번졌다.

나는 초등학교 3학년 때까지 외할머니 손에서 자라다가 그 해 가을, 엄마 아빠 그리고 언니와 함께 높은 주택에서 살게 되었다. 아침이면 나의 머리를 손질해주던 할머니가 문득 그리워지기도 했지만, 그래도 나는 슬프지만은 않은 그리움이라 여겼다. 나는 낮은 눈을 하다, 꾸역꾸역 차오르는 무언가를 느끼곤 자리에서 일어났다. 오늘 날, 무던히 살아오면서 나를 끝끝내 놓아주지 않던 검은 저주. 초등학교 4학년 쯤. 마음속으로 동경하던 사람이 있었다. 그때의 나는 어렸고, 동경하는 그 사람은 고등학생쯤이었다. 토요일이면 우리 집에 놀러와 나를 들고는 비행기 태워주기, 무서운 이야기기하기, 레슬링 하기 등으로 나와 가장 많은 즐거움을 나눴던 사람. 사실, 그 당시에 옆집에 사는 오빠를 많이 좋아했는데 동경하던 그가 하는 잔소리에 마음을 접을 만큼 따랐다. 열려진 창가 너머의 짙어진 하늘을 응시하던 나의 입가가 길어졌다. 어둠의 기억이 더욱 또렷하게 떠오르기 시작했다. 동경하던 그가 나의 아랫도리를 벗기며 했었던 말 중. 다 자라고 나서, 지금까지도 기억하는 말이 있었다. 나의 눈이 낮아졌다. 그러다 이내 고개를 도로 저으며 본론으로 돌아가기로 했다.

"10월 25일 죽음." 노트북에 빛이 나의 조용한 얼굴을 비췄다. 살아가면 나아질 것이라고, 시간이 지나면 괜찮을 것이라고 적혀져 있는 책들이 보였다. 그래, 내가 지금보다 완연히 성숙해질지 모르는 10년 뒤 쯤은 그럴지도 모르지. 나는 앉은 자리에서 스르르 일어났다. 저기 있는 와인을 집어오기 위해서 내가 성숙해질지 모르는 10년 뒤쯤은, 그래봤자 이해니, 긍정이니, 이해하지 않고선 버틸 수 없는 사실을 외면하며 살아가겠지. 나는 가라앉은 몸을 다잡았다. 굳이 앉고 싶지 않은 다리를 바라봤다.

나의 어렸을 때의 '성(性)'은 수치심 덩어리였다. 어린 나에게 '성'이란 것은 그랬다. 그런데 어느 순간, 내가 고등학교를 올라와서부터는 더러운 것이 아니었다. 그것은 만물의 진리처럼 나에게 '추악'했다. 나는 비틀 거리는 몸으로 넓게 열려있는 창가 곁으로 다가갔다. 까마득한 아스팔트 바닥을 내려다보니 어쩌면 난, 지옥 불에 떨어질 수도 있다고 생각했다. 그래도 떨어질 때 심장마비를 일으키는 건 싫은데, 나는 고민하다 무언가 생각났다는 듯. 비틀거리며 화장대 서랍을 열었다. 평소에는 거들떠도 안 봤던 수면제가 보였다. 나는 수면제 한 알을 집어 들어 와인과 함께 꿀꺽 삼켰다. 그러고 보니 측은해졌다. 죽는 것은 두렵지 않고, 고통은 두려워하는 내 자신이. 나는 다시금 열려진 창가로 향했다. 그 순간, 내 다리에 무언가 기분 나쁜 것이 차올랐다. 그것은 악취가 풍기는 오물들이었다. 나는 새삼 차오르는 오물들을 넌지시 바라봤다. 검게 검게 그을린 오물들은, 형체가 되어 나의 다리에 들러붙었다. 나는 다시 창가 너머를 바라봤다. 오물들은 어느새 나의 몸을 창가의 난간 위로 올려놓았다. 매일 새벽 밤이면 찾아들던 그것은 그날의 잊지 못할 말을 매일 밤이면 했다. 그리고, 그것이 지금 내게 물었다.

"좋아?"

나는 영화 도가니를 본다.
한 번도 경험하지 못했던 것처럼.

나는 앞을 보고 나아간다.
한 번도 멈추지 않았던 것처럼.

나는 살아갈 것이다.
한 번도 죽음을 직면해보지 않았던 것처럼.

2. A Dark Letter (검은 편지)

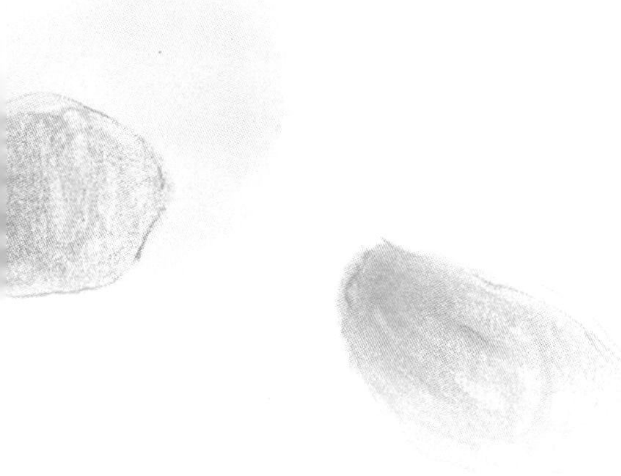

나는 차라리 죽여 달라고 말했다. 나는 이렇게 역겨운 고통을 견뎌낼 만큼 살고 싶은 이유가 없는데. 더 이상 뛰어내릴 수도 없는 몸으로. 왜 나를 살려 놓았느냐고. 내가 살아가야만 하는 이유 따위 있을 리 없다고. 그런 게 있을 리 없다고. 정말, 존재하지 않더라고.

바래진 검은 상자 속에 빛바랜 편지 하나

나는 지금 여기 태풍이 몰아치는 군중 속에 있는데

내게 당신은 비바람만을 남겨두고 갔는데

그게 당신인지 나인지

이제는 지금 여기 태풍 속에 물든 내 몸.

나는 닿지 않을 곳으로

나는 닿을 수없는 곳으로

몰아치는 비바람도 크나큰 태풍도

언젠가는 끝나기 마련이니까.

2011~2014 주희 노트 중에서

조금 늦은 시간. 주희는 무거운 눈으로 화장실 안에 들어갔다. 주희의 손에는 어쩐지 노트북만이 들려있었다. 주희는 걸음을 멈췄다. 자신이 써온 글들을 읽으려 화장실을 찾아 들어갈 때 마다 꼭 챙기는 방석을 깜박하고 병실 안 침대 밑에 두고 온 것이었다. 주희는 낮은 숨을 내쉬며 한 손으로 이마를 짚고는 변기 뚜껑을 내려 자리에 앉았다.

짙은 어둠이었다. 짙은 바닷물이 첨벙 첨벙 위엄함을 내세웠다. 차디찬 바닷물 한 가운데 엄마와 아빠 그리고 내가 허우적거리고 있었다. 나는 온몸이 거센 바닷물에 묶여 양 팔만 허우적거릴 수 있을 뿐. 그렇지만 계속해서 휘저었다. 조금 떨어진 곳에서 엄마와 아빠가 벅찬 팔방망이 질을 해댔다. 그러자 낡아빠진 배 한 척이 나의 눈에 들어왔다. 나는 재빨리 엄마 아빠 곁으로 헤엄쳐 나갔다. 다시 짙은 어둠이 깔렸다. 나는 추를 올려놓은 것 마냥 무거운 두 눈을 떴다. 내가 혼수상태에 잠들어있던지 근 3주 만이었다. 나는 단 5분만 늦었어도 가능성이 전혀 없었다고 했다. 과다출혈로 인한 호흡곤란에 심장은 정지해 있었고 위급했던 그 상황에서 가장 빠른 시간 내에 병원 응급실에 실려가 심폐소생술 등 할 수 있는 모든 조취를 받았다. 병원이 집 가까이 있었던 것도 행운이라면 행운이었다. 이른바, 나는 골든타임 내에 병원에 도착해 목숨을 건질 수 있었다. 그리고 3주 만에 꼬마(혼수상태) 상태에서 깨어나는 두 번

째의 기적까지 일어났다.

나는 숨을 쉬고 있어야할 코에 호스를 끼고 영양분을 섭취했다. 나의 목 어딘가는, 구슬만한 구멍이 뚫려 있고 그 비좁은 구멍 안으로, 하루에도 몇 번씩 가래를 뽑는 기구가 들어갔다. 응급실에서 담당 정형외과 선생님을 볼 수 있었을 때, 나의 두 다리는 다리를 억지로 꺾는 기계에 붙어져있었다. 기계는 날마다 한 두 번씩 움직였고, 그 때마다 나는 생 뼈가 부러지는 듯한 고통에 소변을 봤다. 나는 말을 할 수도, 소리를 지를 수도 없는 나약한 상태에서 정상적인 다리를 반대로 꺾는 것과 다를 바 없는 치료에 내가 붙잡고 있었던 간병인 아주머니의 팔목은 시퍼런 멍 자국이 매일 매일 선명했다. 무릎 근육에 뼈가 자라는 병을 나의 '고통' 신호를 보내는 머리로 앓게 되었고. 떨어질 때의 충격으로 뇌경색이란 머리의 병이 왔다. 광대와 코의 뼈는 흉측하게 자라만 갔고 턱은 없었다. 치아 3분의 2가 깨져 나가거나 있어야 할 그 자리에 없었다. 말을 하지 못했으며, 문장으로 말하기 힘들었고, 90 빼기 15를 알지 못했다. 나는 뻣뻣하게 굳어버린 다리를, 굳어버린 근육과 신경을 억지로 늘려주는 기계에 넣어 놓았을 때. 무릎부터 허벅지까지의 뼈가 부러지는 고통과 부러진 뼈를 다시 짓밟는 고통을 견뎌내야만 했을 때. 나는 병원 안 예배당에서 기도를 드릴 수 있도록 해달라고 스케치북에 간신히 적어냈다. 나는 무릎이 굽혀지지 않아, 긴 판자를 휠체어에 깔고 앉아 예배당 안으로 들어갔다. 나를 따라왔던 이들을 내보내고, 나는 짤막한 생각을 다듬었다. 지금의 처지를 생각해보면 화가 날 것도 억울할 것도 없었다. 다만, 나는 차라리 죽여 달라고 말했다. 나는 이렇게 역겨운 고통을 견뎌낼 만큼 살고 싶은 이유가 없는데. 더 이상 뛰어내릴 수도 없는 몸으로 왜 나를 살려 놓았느냐고 내가 살아가야만 하는 이유 따위 있을 리 없다고 그런 게 있을 리 없다고. 정말, 존재하지 않더라고.

수업을 마치고 돌아온 어린 주희.

새하얀 교복 셔츠에 묻은 물감을 지우러 화장실에 들어갔다. 작은 손으로 힘을 주며 닦느라 소매 자락이 젖고 있는 것도 몰랐던 주희는 익숙한 목소리에 고개를 돌렸다. 반가운, 반가운 손님이었다. 주희는 발그레한 볼을 긁적이며 물감 닦는 것을 멈추고는 그 사람이 자리할 것 같은 거실로 발걸음을 옮겼다. 그런데 어쩐 일인지 무서운 이야기를 들려주겠다며 침실로 오라오라 손짓한다. 주희는 주저할 것 없이 상기된 얼굴로 그가 있는 곳으로 뛰어 들어갔다.

어쩐지 평소와는 다른 반가운 손님. 평소와는 다른 주희의 호흡. 어린 주희를 자연스레 침대로 눕히는 그것의 손. 어린 눈에 비친 검은 입. 가까이서 느껴지는 검은 호흡. 스멀스멀 기어오르는 그것. 오빠가 기분 좋게 해줄게. 그것의 검은 입술이 주희의 작은 손등에 닿았다. 주희 너무 예쁘다. 그것은 바지를 벗었다. 오빠는 주희가 아픈 거 싫어. 그것은 천천히 그리고 빠르게 팬티 속에 든 무언가를 계속해서 문질렀다. 가쁜 숨을 몰아쉬던 그것의 몇 개 손가락은 어린 주희는 단 한 번도 만져본 적 없는 곳으로 들어갔다 나왔다 반복했다. 주희의 작은 얼굴은 검은 대가리에 짓눌린 채, 그것의 검은 팔뚝이 주희의 작은 팬티 속에서 춤을 췄다.

"엄마."

엄마가 올 때까지 이불속으로 들어가 몸을 움크린 채 있었던 어린 주희는 거실 식탁에 앉아 누군가와 진지하게 대화중인 것으로 보이는 엄마를 발견하곤 앞으로 조금 더 걸어갔다. 엄마의 맞은편에 앉아 대화중이던 사람은 검은 사람의 엄마.

주희는 작게 손짓하며 엄마를 불렀다. 엄마는 무슨 일이냐는 듯 천천히 다가온다. 주희는 엄마의 온화한 얼굴을 보며 말했다.

"아까 있지. 내 아래쪽을 이렇게 이렇게 만졌어."

주희는 꺼림직한 얼굴로 손가락을 기하학적으로 맞대었다. 엄마는 우는 것과 같은 표정으로 물었다.

"누가 그랬어?"

어린 주희는 작게 소리치며 자신의 몸 구석구석을 살피는 엄마의 얼굴을 들여다봤다. 주희는 주저하다 이내 말했다.

"사촌 오빠가."

주희의 대답이 끝나자마자. 엄마는 받아드릴 수 없다는 표정을 끝으로 식탁에서 찻잔을 기울이고 있는 여자를 바라봤다. 엄마는 주희가 웅크린 채 있었던 방을 가리키며 저기 잠시만 들어가 있으라고 한다. 주희는 엄마의 얼굴을 말없이 바라봤다. 엄마의 검은 색 눈동자의 비춰진 작고 예쁜 주희는 출구 없는 터널을 향해 발걸음을 내딛었다.

힘든 얼굴을 하던 주희는 꼭 감고 있었던 두 눈을 떴다. 언제나처럼, 이 시간이면 늘 반복되는 분주하게 움직이는 소음들. 아침식사 시간이었다. 헝클어진 머리카락을 대충 매만지고, 늦을세라 급식 판을 받으러 복도로 나갔다.

"굿모닝."

긴 머리의 중년 여자다.

"어머, 이모! 오늘 북엇국 아니야?"

"북엇국은 무신 북어. 미역국이나 처먹어 이년아."

"씨. 이모!"

"여기 있다. 맛있게 먹어."

주희는 받아든 식판을 확인했다.

"왜 재만 예뻐해. 오늘 북엇국 나온대서 어제 왕창 부었단 말이야."

"니, 입은 닦았냐? 냄시 냄시. 장난 아이다."

"어우 이모!"

주희는 웃음기 번진 얼굴로 열려진 방문을 닫았다.

"무슨 꿈이길래 자면서 얼굴을 찡그리니?"

주희와 같은 병실을 쓰시는 할머니가 소매 춤으로 안경을 닦으며 물었다.

주희는 빈 웃음으로 답변을 대신했다. 할머니는 중얼 중얼 거렸다.

"엊그제는 두부반찬 나오더니. 반찬이 영 시원치 않아야 말이지."

주희는 반찬 뚜껑 하나, 하나 열어보며 웃었다.

"그래도. 맛있게 드세요."

"맛있어야 맛있게 들지! 요건 또 뭐야. 배추, 배추절임인가."

주희는 손이 몇 안가는 반찬들을 보며 끄덕였다.

"오늘은 심하긴 해요."

주희의 심오한 표정이 웃기셨는지 할머니는 그래그래 하며 웃었다.

5층. 운동치료와 작업치료실

큰 매트에 누운 채, 주희는 주연진 선생님의 익숙한 손길을 바라봤다. 몇 년 전에만 하더라도 다리를 꺾어주는 선생님들의 얼굴을 이 곳 차디찬 매트 위에서는 편안히 마주보지도 못해서였다. 주희는 그 사람들을 온전한 눈으로 바라볼 수 없었다. 저승사자나 조련사와 언뜻 비슷해 보이기도 했다.

"이야. 이제 다 꺾이는구나!"

선생님은 진심으로 기쁜 얼굴이었다. 주희는 그 마음이 고마워 작게 웃었다.

"무릎에 뼈도 다 제거 한 거야?"

"네. 제거하고 꺾은 거예요."

"불고양이!"

까만 뿔테 안경을 들어올리며 저기에서 모델 워킹으로 걸어오는 민성 쌤. 2012년에는 감정조절이 쉽지 않아 하염없이 울다가 금방 또 불같이 성을 냈다. 그래서 붙여진 별명이었다.

'불고양이' 주희는 낮은 눈을 하곤 고개를 끄덕였다. 민성 쌤은 그런 주희의 표정에 멋쩍었는지 뒷머리를 쓰다듬으며 주희의 노트북 앞을 서성거렸다.

"주희. 무릎은 꿇어 봤니?"

주희는 능숙한 선생님 손길의 이끌려 몸을 일으켰다.

"해 봤죠. 네? 지금요?"

말이 끝나자마자. 선생님의 자연스러운 손길에 이끌려 천천히 무릎을 꿇어앉았다. 주희는 당겨오는 근육의 통증을 느꼈지만 가만히 눈을 감았다. 이 정도의 통증은 흔히 모기 물렸을 때의 가려움을 참는 정도에 불과할 뿐이라고. 주희는 지난날들을 떠올리며 주문을 걸었다.

"주희 대단한데? 운동 열심히 했구나."

주희는 감았던 눈을 뜨곤 자세를 고쳐 앉았다. 긴 머리칼을 풀어헤쳐 다시 묶었다.

"이제 누워 봐. 근육 풀어야지."

주희는 자신의 다리를 익숙한 손짓으로 매만지고 있는 선생님의 얼굴을 바라봤다.

"선생님."

자신을 부르는 소리에 시선을 돌린 주연진 선생님을 바라보며 주희는 낮은 목소리로 물었다.

"…자꾸 반복되는 악몽은 시간이 지나면 다시는 꾸지 않겠죠?"

자신의 일의 열중하고 있던 주연진 선생님은 낮은 얼굴을 하는 주희에게 물어왔다.

"무슨 꿈인데?"

주희는 잠시 생각에 잠겼다.

"그냥."

주희는 작게 일렁이는 가슴을 쓸어내렸다. 선생님의 시선 끝에 가라앉은 주희가 있었다.

꿈은, 잠들어 있을 때에만 펼쳐지는 것은 아니래.
나는 깨어있을 때에도 꿈을 꿔.

나의 의지와는 상관없이 반복하는.
검은 꿈을.

3. 그렇다면

주희는 커진 눈을 했다. 엄마가 도와줄까. 그때처럼 덮어버리는 게 아니라. 그때처럼 덮어버리면 어떻게. 난 그땐 어떻게 해. 주희는 몸을 잔뜩 움츠리며 손바닥으로 입을 틀어막았다. 그것의 거친 숨결을 따라, 그것의 팔뚝은 왔다 갔다 빠르게 움직였다. 주희는 울음 섞인 악 소리를 내며 떠는 몸을 털썩 주저앉혔다.
그러자 아쉬울 것 없다는 듯.
그것은 웃었다.

숨 가쁜 치료들을 끝마치고.
언니의 부축을 받으며 집으로 돌아왔을 때. 나는 신발장 벽에 붙어있는 전신거울을 통해, 나의 몰골을 들여다보면서. 문득. 궁금해졌다.
고작, 11살밖에 안됐던 내가. 이 세상에서 유일하게 커다란 존재였던 엄마에게. 검은 일을 털어 놨었던 당시의 마음을.
그녀도 알고 있는지. 알고 싶어 했는지.
왜 나를 외면했던 것인지.
나는 고개를 돌려 신발을 벗고는 방문을 열었다. 어떻게 그랬는지 따위는 알고 싶지도 알 필요도 없었다. 문득 그렇게 생각하니 웃음이 나왔다. 나는 침대 맡에 머리를 기대앉았다. 이해란, 입장을 바꿔놓고 생각해보면 할 수 있기도 한 것인데. 나의 입에서 실소가 터져 나왔다. 한참이나 웃음을 짓던 나는 가라앉은 얼굴로 축축하게 늘어져있는 블라인드를 바라봤다.
엄마는 나를 사랑해요?

2011~2014 주희 노트 중에서

병원 복도.

많아야 열 살 쯤으로 보이는 아이들이 도란도란 무리를 지어 앉아있다. 분홍색 복장을 한 여자 선생님을 보니, 아이들 재활을 담당하고 계시는 선생님인가 보다. 주희는 홀로 앉아 있는 단발머리 아이의 옆에 앉았다.

"자, 여기 주목 하세요. 다음 이야기는 행복이라는 거예요."

옆에 있던 친구와 웃고 떠들던 아이들은 예쁜 얼굴로 주목을 끄는 여 선생님을 바라봤다. 주희는 옆에 앉은 단발머리 아이에게 조용히 물었다.

"이름이 뭐니?"

아이는 표정 없는 얼굴을 하곤 고개를 돌렸다.

"강민주."

아이는 퉁명스레 말을 뱉곤 다시 앞을 본다.

"우리에게는 언제나 고통스런 기억들이 있죠? 그런데, 그렇다고 해서. 나의 행복을 외면하면 안돼요. 우리에게는 누구나, 자신의 행복을 차지할 권리가 있으니까요."

주희는 갸우뚱했다.

"그건 모순이죠."

분홍 선생님은 당황한 듯 웃었다.

"…뭐가 모순이라는 거죠?"

주희는 자신에게서 눈을 떼지 않는 단발머리 아이를 바

라봤다.

"그렇지 않니?"

아이는 어딘지 편한 얼굴로 고개를 끄덕인다.

"저기요 환자분? 아이들 앞에서 뭐가 모순이라는 거죠!"

분홍 선생님이 작은 목소리로 버럭 한다. 아차 애들이 있었지. 주희는 분홍 선생님의 분홍 얼굴을 보곤 입을 다물었다. 그런데 자신을 넌지시 바라보는 단발머리 아이의 얼굴이 신경 쓰여서 그 얼굴이 어딘가 익숙해서.

"…고통스런 기억 때문에, 더 이상의 행복은… 있을 수가 없는 걸요."

분홍 선생님은 분홍 얼굴로 헛기침을 연발했다. 주희에게서 눈을 떼지 않는 단발머리 아이의 얼굴에 묘한 미소가 흘렀다.

"그렇지만 그건… 모순이 아니에요! 고통스런 기억은 고통스런 기억일 뿐 '나'의 행복과는 별개의 것이에요. 누구나 행복을 차지할 권리가 있어요. 나의 행복을 고통스런 기억에 의해 덮어버리는 건 바보 같은 일이에요! 그렇지 않나요 여러분?"

아이들은 너나 할 것 없이 "네!" 하며, 꺄르르르 웃음소리를 냈다. 그 환한 얼굴들을 바라보고 있는 주희에게 단발머리 아이는 조용한 얼굴로 말했다.

"그렇지 않을까요? 언니."

이제 좀 살만한 주희는 홀로 런닝 머신 뛰는 치료 시간은 자주 땡땡이를 치곤했다. 오늘도. 아마 땡땡이 칠 날인가 보군. 주희는 나른한 얼굴로 침대 머리의 기대었다. 큰 창가 너머에서는 화창한 태양빛이 쏟아지고 있었다. 주희는 햇살이 예뻐 무릎을 끌어안았다. 기분 좋은 얼굴로 창가 너머를 바라보다 주희는 다시금 가라앉은 얼굴을 하곤 창가 너머에서 강렬하게 내리쬐는 빛 덩어리들을 바라봤다.

2011년 여름.

"7년 만인데 너무 하는 거 아니야?"

수려한 미소를 띠운 채, 주희를 반기는 그는 주희는 살아오면서 단 한 번도 잊지 않았던 손짓으로 주희를 불렀다.

"너무 오랜만에 봐서 그런가. 이리와, 국 식겠다."

그 사람은 자신의 파렴치함을 단 한번도 그 날의 검음을 단 한번도 생각해본 적 없음의 얼굴이었다.

"여기서 뭐해?"

자신의 방에서 무거운 손길로 겉옷을 빠르게 챙기던 주희는 자신의 뒤에서 들려오는 검은 목소리에 몸을 굳혔다. 그러나, 다시금 입가에 쓴 조소를 그리며 뒤를 돌았다.

"응. 집에서 쓰레기 냄새가 나서."

표정 없이 말을 뱉곤 가방을 들어 올리던 주희의 팔위로 그것의 손길이 전해졌다.

"무슨 냄새? 너희 엄마 음식 솜씨 냄새만 나는데."

그는 수려한 미소를 머금었다. 주희는 무미건조한 얼굴로 자신의 가느다란 팔위에 올려져있는 그것의 손을 바라봤다. 아무 죄악도 없는 새 하얀 손이었다.

"참. 오빠 강의하거든. 청소년을 상대로 성교육 강의해. 너 몰랐지? 음, 그래서 말이야. 네가 마침 고등학생이니까 오빠가 너에게…."

주희는 천천히 그것의 손을 떨어뜨려 놨다. 음울한 눈으로 그것의 검은 얼굴을 올려다봤다. 그것의 검은 입이 적막한 고요속에서 벙긋 벙긋 움직이고 있었다. 그것의 검은 목소리가 말했다.

'내가 네 처녀 딱지를 떼어낸 것은 아니잖아. 그냥 흉내만 냈을 뿐이지. 잘 알잖아?'

"…주희야?"

주희는 적막 속에서 깨어났다. 그것의 수려한 미소를 머금은 얼굴이 보였다. 주희는 작게 웃으며 냉소적으로 뱉어냈다.

"그래서. 나한테 성교육 강의라도 하게?"

그는 기다렸다는 듯, 가죽가방에서 서류봉투를 꺼내 들었다. 주희는 그가 내민 서류 봉투를 뻣뻣이 굳은 채로 받아 열었다.

흰 종이에 커다랗게 박혀있는 <아름다운 성과 사랑을 위하여>의 문구.

"그거 보고 궁금한 거 있으면 언제든지 물어 봐."

주희의 어깨 위를 짓누르는 그의 손을 타고 끔찍한 기류가 전해졌다.

"모르겠으면. 알고 싶으면."

작게 속삭이며 웃는 그의 수려한 미소가 주희의 눈앞을 가렸다. 주희는 어이 상실한 듯 웃었다. 너는 본래 쓰레기구나.

"참, 너 엄마한테 잘해. 얼마나 네 흉을 보시던지 오빠가 다 죄송하더라니까 그러니까…."

주희는 그것의 손을 떨궈 내곤 몸을 돌려 창가 너머를 바라봤다.

"대단해 다들."

주희는 고개를 돌려 창가 너머를 바라봤다. 창가 너머의 화려한 햇살에 이끌려 앞으로 조금 걸어 나갔다. 그러자, 주희의 뒤에서 그것의 차분한 목소리가 말한다.

"멀리서 보니까 더 예쁘네."

주희의 뒤로 가까이 다가오는 검은 발자국. 그것의 두 손이 주희의 어깨 위에 올라왔다. 그것의 검은 손 끝에 단단한 힘이 주희에게 온전하게 전해졌다. 그것의 검은 숨결이 주희의 귀에 닿는다.

"오빠는 주희가 좋은데. 너무 예뻐서."

흠칫 몸에 힘을 주던 주희는 그 날의 검음을 기억하지 못하는 듯한 그의 멍청함을 비웃으며 말했다.

"내가 고작 열한 살로 보여?"

주희의 뒤에서 적막한 고요가 흘렀다. 주희는 자신의 의미 가득한 말을 물어오지 않는 것의 의문을 찾고 찾았다. 그런데, 주희의 뒤에서 허탈한 웃음이 들려왔다.

"너도 알고 있었네? 그 때 안 아팠을 텐데."

소름이 돋았다. 나는 당신이 잊은 줄로만 알았다. 그 때의 당신도 어렸으니까. 나 그걸 내게 물으며 다 덮었었다. 내가 다 덮어놨었다. 나도 날 덮어놨었다. 그런데.

"그래서 덮은 거구나 너도 날 좋아해서. 너는 내가 그래주길 바랐었구나."

꺾여버린 주희의 고개가 검은 목소리에 단단하게 굳어졌다.

그것의 손이 주희의 옆머리를 쓰다듬었다. 그리곤 천천히 떨어지며 짧은 교복 치마를 두른 허벅지 앞으로 그것의 검은 손이 들어왔다. 주희는 낮게 읊조렸다.

"하지 마."

떨고 있는 주희의 허벅지 사이로 그것의 손이 천천히 움직였다. 주희는 그것의 팔뚝을 두 손으로 잡아내며 힘겹게 뱉어냈다.

"나 지금 소리 지를 거야."

순식간에 그것은 주희의 허리를 휘감고선 주희의 교복 치마 밑으로 손을 집어넣어 팬티로 덮어진 주희의 문 앞을 문지른다. 파르르 떨고 있는 주희의 얼굴에 그것의 얼굴이 들러붙었다.

"도와달라고? 그럴 수 있어? 넌 그럴 수 없어."

주희는 커진 눈을 했다. 엄마가 도와줄까. 그때처럼 덮어버리지는 않을까. 그때처럼 덮어버리면 어떻게. 난 그땐 어떻게 해. 주희는 몸을 잔뜩 움츠리며 손바닥으로 입을 틀어막았다. 그것의 거친 숨결을 따라, 그것의 팔뚝은 왔다 갔다 빠르게 움직였다. 주희는 울음 섞인 악 소리를 내며 떠는 몸을 털썩 주저앉혔다. 그러자 아쉬울 것 없다는 듯, 그것은 웃었다.

"젖을 거면서."

주희의 머리 위로 그것에 손바닥의 다독임이 전해졌다. 그것은 아무런 일도 없었다는 듯 가방을 챙겼다. 방문을 열고 나가 주희의 어미에게 인사 한다. 어미는 또 오라며 그것을 현관으로 마중했다. 주희의 머리 위로 덤덤하게 빛을 뿌리는 태양. 주희는 울지 않았다. 태양 빛이 따뜻해 그저 웃고 말았다. 주희의 길게 늘어진 입가를 타고, 태양 빛에 반사되어 흐르는 눈물. 주희는 이것은 눈물이 아니라고 생각했다. 나는 눈물을 흘릴 이유가 없다. 정말 웃고 있는 저들에게, 상처받은 아이처럼 바라는 게 있을 리 없었다. 아무 일도, 아무 슬픔도. 없다.

밤이. 두렵지 않아요.

이미 검게 물든 걸레의 묻힌 얼룩처럼.

더 이상 보이지 않아요.
나의 슬픔이.

창신동에 조그만 하늘 빌라의 할머니 집이 생각난다.
유치원을 갈 때마다, 나는 할머니가 꼬아준 양 갈래 댕기 머리를 했었는데. 할머니 집 화장실 벽면에는 바람개비 집 그림의 스티커가 붙여져 있어, 머리를 감겨주시는 날이면 그 바람개비를 보며 저기엔 누가 살았을까 했던 것 같다. 엄마와 아빠가 몇 번 찾아왔다고는 했었는데, 그 때의 기억을 더듬어보면 생각나지 않는다.
할머니 냄새가 나는 조그마한 상자를 열어보면. 엄마, 아빠, 이모들의 전화번호가 큼지막하게 적혀져 있는 종이들이 많았다. 어느 날이면, 할머니 부름에 할머니 대신 내가 받아 적어 넣어놨었다. 그 땐 그 일이 가장 좋았던 것 같다.
우리 외할머니는 조용하시고, 덕수궁의 소담스러움을 닮으신 고지식한 분이셨다.
나는 유치원이 좋았다. 왜냐하면 나무로 만든 나무 그네와 통나무 오두막. 놀이터라곤 온통 나무 냄새가 나는 것들이었다. 정확히 말하자면, 유치원이 아니라 유치원의 나무 그네쯤을 좋아한 것이다.

2011~2014 주희 노트 중에서

4. 마음의 소리

다리 언저리의 흉터부분이 간지러워 통이 큰 병원 바지를 허벅지만큼 올렸다. 길쭉한. 어느새 굵기 마저 두터워진 흉터들이 주희의 눈에 들어왔다. 몇 번의 재수술로 이제야 얻은 완전한 재활 치료가 가능한 다리였다. 주희는 길쭉하게 뻗은 흉터들을 긴 손가락으로 매만져봤다. 슬프진 않았다. 주희는 다리를 굽혀 가슴까지 끌어안곤 창가 너머의 여름 햇살을 바라봤다.

나는 중학교, 고등학교 때. 학교에서 과호흡으로 쓰러진 적이 자주 있었다. 그것을 그 누구에게도, 나에게도. 단 한 번도 펼쳐든 적 없었던 난. 교실에서, 거리에서. 그것의 그림자를 혹시나 알아볼까, 계속해서 외면했다. 그것은, 내가 교실 책상에 엎드려 잠을 청하고 있을 때. 나의 가는 다리에 들러붙어 허벅지를 통해 점점 나의 엉덩이까지 기어 올라왔다. 나는 들러붙은 그것의 정체를 찾다 찾다가 스르륵 고개를 들었다.

그것은, 나를 언제나 따라다니던 익숙한 것이었다. 어렸던 그 날. 학교에서 처음 성교육을 접했을 때. 집으로 돌아와, 예전처럼 샤워를 하던 그날 오후에도. 그 어린 것이 알아차리기엔 너무나 어려서. 그래서. 나는 온몸을 때수건으로 벅벅 문질렀다. 새하얀 피부가 빨개지는 것을 보고도 멈추지 않았다. 나를 벗겨내야 한다.

나의 껍질을 벗겨내, 다시 새 살이 차오르도록. 그 날의 흔적들을 지워야 한다. 아무도 미워하지 않고, 아무도 원망하지 않게. 그래야, 그 모든 일들은 아무런 일도 아닌 것이 되니까. 힘주어 문지르는 때 수건을 왔다 갔다 하는 팔을 지켜봤다. 그 날에 짐승의 엉덩이와 같았다. 나는 소리치며 더 세게 문질렀다. 피 껍질의 위로 나의 눈물들이 쏟아졌다. 나는 너덜해진 때수건을 바닥에 내던졌다. 내가 왜 이러는 거지, 왜 내 몸에. 나는 타일바닥에 주저 않았다. 그 때. 갑작스레 차오르는 울음 때문에 나는 커진 눈을 하곤 입을 틀어막았다. 내 잘못이 아니었다. 나는 그냥, 친구의 의문처럼 다 알고 간 것도 아니었다. 나는 그냥, 그 사람이. 내가 동경하는 그 사람이. 나는 타일 바닥에 엎드려 누웠다. 내가 지금 누운 바닥이 더러운 것이 아니다. 정말 더러운 것은, 여기 지금 이 바닥에 처박혀 있는 나. 나는 숨막혀오는 울음을 견뎌내려 애썼다. 쏟아지는 눈물들이 가증스러워 몇 번이고 닦아냈다.

성숙한 몸으로 교실 책상에 엎드려 있던 나는. 수 십 번이고 나를 찾아왔던 그 날의 내가 싫어, 더욱 깊게 고개를 파묻었다. 숨이 가빠진다. 온 몸이 사시나무 떨 듯 떨려왔다. 나는 갑작스레 전해지는 두려움을 외면하며 가슴에 손을 얹었다. 그럴수록 더 세차게 가빠졌다. 나는 주저 없이 의자에서 떨어졌다. 내게 다가오는 많은 사람들. 그들이 내게 너는 더러운 년이라고 한다. 나의 몸은 치가 떨리도록 악취 나는 것이라고 한다. 나는, 눈가를 타고 빠르게 흐르는 눈물들을 굳은 손으로 닦아냈다. 쓰러져 누운 내게 괜찮냐고 묻는 소리들이 들려왔다. 아, 이제 알았다. 나는 이제야, 알고 싶어 했다. 그 날의 나는. 정말로, 더럽지 않았다.

2011~2014 주희 노트 중에서

“얘. 누구니?”

병실 냉장고를 뒤적거리고 있었던 주희는 살짝 뒤를 돌아 물었다.

“누구요?”

“너 아니야?”

할머니 손에 들려있는 조그마한 증명사진 주희는 시큰둥했다.

“네. 다쳤을 때요.”

“얼굴이….”

“그 사진이 고등학교 졸업사진으로 쓰였어요. 휠체어 타고 해외봉사를 무슨 바람이 들어서 갔었는지 모르겠다구요. 그 놈의 여권 사진, 아직도 후회한다구요.”

주희는 여러 번 반복해서 대답했던 식의 말투에 잠시 입을 닫았다.

바나나를 들고 조그마한 사진을 유심히 바라보는 할머니의 앞에 주희는 멈춰 섰다.

“예쁜 사진 있어요, 그거 드릴까요?”

바나나를 받아들며 웃으시는 할머니.

“실물이 낫다, 얘.”

조그만 사진을 받아든 주희. 할머니의 선한 눈빛이, 저 깊은 곳에 웅덩이를 왈칵 쏟아버린 듯. 주희는 삐뚤어진 목소리를 가다듬고 자리에서 일어나 병실을 나왔다.

주희는 병원 복도 딱딱한 의자에 앉아 'What A Wonderful World. _ Eva Cassidy.'의 곡을 틀었다. 다리 언저리의 흉터 부분이 간지러워 통이 큰 병원 바지를 허벅지만큼 올렸다. 길쭉한. 어느새 굵기 마저 두터워진 흉터들이 주희의 눈에 들어왔다. 몇 번의 재수술로 이제야 얻은 완전한 재활 치료가 가능한 다리였다. 주희는 길쭉하게 뻗은 흉터들을 긴 손가락으로 매만져봤다. 슬프진 않았다. 주희는 다리를 굽혀 가슴까지 끌어안곤 창가 너머의 여름 햇살을 바라봤다.

*

환자복이 아닌, 일상복을 입은 채 신발을 갈아 신고 있는 주희를 할머니는 힐끔 쳐다보더니 다시 바나나 껍질을 벗긴다.

"어디 가니?"

"네. 뭐, 사올까요?"

할머니는 아니라는 듯 웃으며 손사래를 쳤다. 주희가 가끔 병원 밖으로 나갈 때면, 할머니는 주희에게 조용히 돈을 쥐어 주곤 귓속말을 하셨다.

"뻥튀기를 부탁해."

주희는 웃으며 시간을 확인했다. 준비를 마친 뒤, 병실 전화기를 들어 0번을 눌렀다.

"네. 2층 원무과입니다."

"저 303호 주희인데요. 치과를 가야해서, 좀 태워다 주세요."
"치과요? 잠시만요."
주희는 다리 재활치료 중. 2013년은 감각과 신경을 되돌리는 '전기치료'는 받지 않겠다고 원무과에 내려가 직접 얘기한 적이 있다. 실장님이라는 젊은 남자는 항상 말끔한 셔츠를 입고 오만한 말투를 일삼아 환자들과 작업치료 선생님들에게 밉상이었다. 전기치료를 받지 않겠다고 말하는 주희에게 돌아오는 대답은 예상했던 답이었다. 의사선생님이 내린 치료는 무조건 받아야하는 것이지, 환자 본인이 결정할 문제가 아니라고 했다. 주희는 그 말의 동의한다는 듯 고개를 끄덕거리며 "아프다."고 했다. 돌아오는 답은 역시 예상했던 대로. "아… 아파요?" 그 날 이후, 주희는 불필요한 전기치료를 받지 않았다. 세브란스 유대현 교수님은 주희에게 너는 독하니 혼자 집에서 잘 할 것이다. 네 다리도 결국 네가 두 달 만에 스스로 잡아당겨 꺾지 않았니. 곧, 근력 운동만 열심히 하면 된다. 이였다.
"주희 씨. 듣고 있어요?"
"네."
"실장님이 올라가신데요. 3분 정도 기다리시면 갈 거예요."
주희는 수화기를 내려놓고 자리에 앉았다. 얼마 지나지 않아 누군가 노크를 하곤 들어왔다.
"치과까지 태워 달라는 거죠?"
방문을 열고 들어오며 묻는 남자는 실장이었다. 주희는 고개를 끄덕이며 자리에서 일어났다.

"저기, 주희 씨. 주희 씨처럼 거동이 가능한 환자들한테는 태워다주고, 태워오고 안 해요."

주희는 알고 있다는 듯 끄덕였다.

"그래서 여태 혼자 택시 타고 갔었는데, 아빠한테 택시비 달라는 말을 깜빡했어요."

실장은 곤란한 표정을 지었다.

"그럼, 이번 한 번만 태워다 드릴게요."

교보빌딩 앞.

치료를 끝마친 주희는 왼쪽 얼굴을 한 손으로 감싸며 기다리고 있었던 실장님 차 뒷좌석에 몸을 밀어 넣었다. 주희가 받는 큰 건의 치료는 임플란트, 교정이었다.

과호흡으로 병원 응급차 신세를 자주 보며, 살갗을 뚫고 들어오는 주사바늘에 한 번도 얼굴을 찡그린 적 없었지만, 주희는 얼음 팩을 집어 들어 얼굴에 갖다 댔다. 교보빌딩 17층의 이지나 치과. 그 분들이 맡아주셨으니 꼬박 꼬박 치과를 가지. 주희는 바늘보다 입 벌리고 누워 있는 게 더 무서운 인간이었다.

"병원에 얼음 팩 있어요?"

실장은 고개를 끄덕이며 음악 소리의 볼륨을 올린다. 무슨,

쒜끼루 저끼루 라고 말하는 것만 같은 음악이 흘러나오는 가운데 몸을 왔다 갔다 움직이며 한 손으로 핸들링을 하는 남자를 바라봤다. 주희는 아이팟을 꺼내들어, 이어폰을 꽂고는 눈을 감았다.

2층 원무과.

1 층에서부터 엘리베이터를 이용하지 않고, 운동 삼아 계단으로 성큼성큼 발을 내딛던 주희는 지금쯤 5층이 되었을 법도 한데 2층이란 표기에 낮은 욕설을 뱉었다.

"강민주!"

엄마치고는 젊은 여자가 어린 여자 아이에게 소리친다.

"너 정말 왜 그래! 여태까지 잘 버텼잖아!"

주희는 울고 있는 아이에게 시선이 갔다. 언젠가 병원 복도에서 같이 앉아있던 단발머리 아이였다.

"여기 지긋 지긋해! 이젠 싫어! 다 싫어!"

아이의 엄마는 흐느껴 운다 싶더니, 이내 아이의 등짝을 내리쳤다.

"너 정말! 엄마 속상하게 할래? 응?"

어미의 손찌검에 아픈 내색하나 없는 아이는 주희의 시선을 느꼈는지 오른발을 절뚝거리며, 어느새 주희의 뒤로 와 주희에 옷깃을 부여잡는다.

"너 일루 안와!"

주희는 단발머리 아이의 머리를 쓰다듬었다.

"엄마가 찾아."

아이는 큰 눈을 하고는 주희를 올려다봤다.

"여기 싫어. 다 싫어."

아이의 눈을 마주하니 고통의 반복을 거듭했던 재활 치료들이 떠올랐다.

그래, 그것은 그냥.

"끔찍이도 싫지. 난 죽기보다 싫었어."

주희는, 지난날의 공포를 담고 말했다.

"지금… 애한테 무슨 말을 하는 거예요?"

주희는 고개를 비스듬히 숙였다.

"치료 받은 지 얼마나 됐어?"

아이는 작은 손을 꺼내며 수를 세는 것처럼 보였다.

"열 달."

주희는 고개를 끄덕였다.

"엄마가 분명 빨리 걸을 수 있다고 말했어. 비오는 날에는 더 좋아졌다고 말했어. 엄마는 거짓말쟁이야! 엄마는 계모야!"

여자는 믿을 수 없다는 눈으로, 털썩 주저앉았다.

"민주야. 조금만… 응?"

아이의 얼굴은 흑빛을 띄웠다.

"비오는 날에도 그렇게 말했어. 종이 가방 사줬을 때도 그랬잖아."

여자는 힘없이 중얼거렸다.

"그때보다 좋아졌잖아. 민주야, 더 좋아질 거야. 응?"

"뭐가 변하는데?"

"민주야…."

"한개도 변한 거 없어. 한 개도 달라진 거 없어!"

주희는 자신의 의지와는 관계없이 단단한 얼굴을 한 아이의 어깨를 붙잡았다.

아이는 입을 꼭 다문 채 입술을 깨물었다.

"난, 스무 달 넘게 치료 받았는데."

주희는 웃으며 말을 이었다.

"지금 있잖아. 엘리베이터 기다리기 심심해서 계단으로 올라가. 너 내가 아파 보여?"

아이는 곰곰이 생각하는가 싶더니, 고개를 절래절래 저었다.

주희는 그 모습에 작게 웃었다.

"근데 뭐. 치료를 받아서, 내일 당장 조금이라도 좋아지면 몰라. 그렇게 순식간에 좋아지는 것도 아니고. 열 받게."

아이는 조그맣게 웃었다.

"그런데, 언니가 정말로 열 받았던 건. 눈이 오던 날에도, 비가 오던 날에도, 내가 계속 절뚝절뚝 거린다는 거였어. 우습지? 치료는 정말 싫었거든."

아이는 고개를 갸우뚱했다.

"왜 우스워?"

주희는 가만히 웃었다.

"치료는 절대 싫고, 변화는 하고 싶고. 우습잖아."

아이는, 가만히 주희를 아주 오랫동안 올려다보더니 조용한 얼굴로 조금씩 눈물을 떨궈냈다.

여자는 그런 아이에게 다가와, 아이의 눈물을 닦아내려다 이내 손길을 멈춘다. 그 모습을 바라보던 주희는 입을 열었다.

"엄마가 미워서는 아닐거 에요. 그냥, 무지 슬플거 에요."

주희는 씁쓸한 얼굴을 하다, 다시 계단을 올라섰다. 그러면서 방금 자신이 한 짓에 대해 뿌듯해하며 고개를 끄덕이길 반복했다.

그렇게 오랜만에 궁상을 떨고 있을 무렵. 주희는 꽤 오랜 시간 올라선 계단을 생각하고는 앞 벽면에 붙어있는 '4층'의 표기를 확인했다.

주희는 뭐 씹은 얼굴을 뒤로하고 당당하게 엘리베이터 앞에 멈춰 섰다.

긴 설움이 끝나면 하늘로 승천하는 윤리가 있다

그 것은 확실한 화답이다.

긴긴 수령의 꽃이 지면 나른한 오후가 달을 그려 넣는다.

그 것은 자연의 순리이다.

지금 이 파란 순간이 지나고

오늘이 지나고 내일의 태양이 뜨면

나는 멈춰 멈춰 웃을 것이다.

이것은 늘 꿈꿔왔던 것들의 그러나 곧 이루어질 것들의

무조건적인 확신이다.

2011~2014 주희 노트 중에서

5. 블랙홀

저 쪽 테이블에 앉아 있던 아저씨와 중년
여자가 보였다. 남자와 주희는 테이블에
걸어가면서도 소리 없는 전쟁을 펼쳤다.
중년 여자는. 영원한 사랑을 꿈꾸는 것
은 바보 같은 일이라고 했다. 아직 미혼
이었다. 여자는 사랑을, 꽃에 비유했다.
주희는 그 우스운 표현법에, 웃지 않고.
봄에 비유했다. 그 말이나 그 말이나 끝
나고 나니 그 말이 그 말이었지만.

블랙홀.

누구에게나 하나 씩, 있는 것이 아닐까.

바쁘게 살며,

삶에 치이고 현실에 치이고 기대에 치여 살더라도.

누구에게나 크고 작은 블랙홀이 있을 거야.

그리고.

그 블랙홀 따위보다 더 크고 소중한 것이 생겨나면

언제 그랬냐는 듯.

우리는 또 버젓이 반짝거리는 삶을 살아가지 않을까

2011~2014 주희 노트 중에서

오후 1시 28분. 재활 병원.

"얘. 에어컨 켜져 있니? 앞에 가서 봐봐."

스케치북에 낙서를 하고 있던 주희는 헝클어진 머리를 뒤로 하고, 느린 몸을 일으켜 슬리퍼를 신었다.

"네, 꺼져 있네요."

먹기 좋은 포즈로 복숭아를 오물 조물 드시는 할머니. 주희는 하얀 침대에 털썩 주저앉았다.

"얘. 저 밑에 전화 좀 해라. 이렇게 더운데 에어컨도 안틀고. 뭐 하는 거야."

"그러고 보니 진짜…."

주희는 다시 일어섰다. 0번을 누르고 신호가 간다.

"네. 2층 업무과입니다."

"303호에요. 에어컨 좀 틀어주세요."

"에어컨이요? 네."

창가 너머로 쏟아지는 햇볕이 주희의 얼굴을 뒤덮었다.

주희는 찡그리지 않았다.

"틀어준다니?"

"네."

터덜터덜 침대로 걸음을 옮기려던 주희를 불러 세운다.

"얘! 거기 블라인드 좀 쳐라. 열기가 여기까지 들어온다! 어후."

"할머니…."

블라인드 줄을 잡아당겼다.

"너… 이거 먹을래?"

잘 익은 포도를 주희 앞으로 내민다. 할머니의 두 뺨이 어쩐지 얄미워보였다.

"…할머니."

"응?"

"포도, 씻어오라고 하실 거죠."

할머니의 입가가 웃었다.

"두 송이만 씻어. 얘."

재활병원 앞.

환자복 소매를 접어 올리며 터덜터덜 걷던 주희는 오랜만에 보는 익숙한 단비의 뒷모습에 어쩐지 조소가 흘러나왔다.

"우리 엄마랑 친해? 너 어떻게 왔는데."

그 길었던 머리를 짧게 자른.

"내가 오냐. 택시 기사 아저씨가 오지."

반반한 얼굴을 들이민다.

"담배는 끊었니?"

주희는 퀭한 눈을 하고는 환자복 주머니 속에서 네모난 곽을 들어올렸다.
“당연하지.”
“뭐야. 빈 곽인데?”
“안한다니까.”
“진짜?”
“내가 고딩이니? 나 너 스물이야.”
앉은 자리로 바람 한 점 불었다. 그 때. 친구의 낮은 목소리가 들려왔다.
“넌 잘 못 없어. 알지?”
주희에게 물어오며 빨간 핸드백 안에서 주섬주섬 꺼내드는 네모난 곽.
어쩐지 시선을 이끄는 손.
“그럴까. 우린 너무 어렸나.”
작게 고개를 끄덕이며, 물끄러미 주희를 바라본다.
“이젠 정말 괜찮은 거지?”
깊은 시선 속에 주희의 손이 주섬주섬 움직였다.
“아마도.”
어느새 주희의 입에 물려있는.
“언제 꺼냈어?”
“내가 고딩이니? 나, 너 스물이야...”
침묵을 깨는 듣기 좋은 웃음소리가 겹겹이 터졌다.
서로의 얼굴을 마주보다 이내 다시 웃음을 터트렸다.

주희는 좋아하는 딸기 맛의 아이스트림을 핥던 중 친구가 재촉하는 말을 다시 물었다.

"친구하자는데 그걸 어떻게 받아드려?"

친구의 얼굴을 보자니 장난인 것 같진 않았다. 주희는 다시 시선을 돌렸다.

"혹시, 어디까지 갔는데."

친구의 표정이 어떤 표정일지 뻔했다.

"왜?"

10살 쯤 보이는 여자아이와 그 쯤 보이는 남자아이가 손을 붙잡고 문방구로 들어갔다.

"왜?"

얼마 지나지 않아, 그 둘은 일기장 한 권을 든 채로 나왔다.

"나도 잘 몰라."

아이 둘은 하나처럼 웃고 있었다. 남자애 쪽이 여자애를 더 좋아하는 듯 보였다.

"어디서 그러더라. 연인이 헤어진 후에 친구로 지낼 수 있는 경우는 2가지래. 좋아하지 않았거나, 아직 좋아하고 있거나."

주희는 자리에서 일어나 인사말을 하곤 병원으로 돌아갔다.

옥상. 하늘 공원.

남자와 주희는 엘리베이터에서 내리면서도 씨름을 했다. 목적은 즉, 주희의 피아노 건반이 그려져 있는 스케치북 쟁탈전이었다.

"안된다니까. 이 사람이 진짜."

주희는 정색을 하곤 남자 손에 들린 스케치북을 향해 손을 뻗었다. 남자는 그런 주희가 장난감이라도 되는 냥 웃어댔다. 주희는 뻗은 손을 내려놓고 전과는 다른 여유로운 표정을 지었다. 남자는 의아해 했지만, 알아차리는 순간은 항상 늦게 오는 법. 주희는 이때다 싶어 남자의 들린 팔 사이를 마구 간지럽혔다. 간지럼을 잘 타는 남자는 죽겠다는 얼굴로 그런 주희를 제지하기 바빴다.

"보기 좋구먼."

저 쪽 테이블에 앉아 있던 아저씨와 중년 여자가 보였다. 남자와 주희는 테이블에 걸어가면서도 소리 없는 전쟁을 펼쳤다. 중년 여자는 영원한 사랑을 꿈꾸는 것은 바보 같은 일이라고 했다. 아직 미혼이었다. 여자는 사랑을 꽃에 비유했다. 주희는 그 우스운 표현법에 웃지 않고 봄에 비유했다. 그 말이나 그 말이나 끝나고 나니 그 말이 그 말이었지만. 어째서인지. 담배를 태우지 않고 있던 아저씨는 셔츠 주머니 속에서 꼬깃꼬깃한 담뱃갑 꺼냈다.

"그렇지. 사랑은 어려운 것이여."

중년 여자는 긴 머리를 쓸어 넘겼다. 여자는 하얀 얼굴을 감며 말한다.

"사실 그래, 사랑이 무조건적인 것이라고 말할 수 있는 인간이 몇 있어. 나를 사랑해야 당신을 사랑한다고 말하지."

아저씨는 웃었다.

"그럼 부모는 내 새끼이고 내 핏덩어리라 무조건 사랑하잖아. 어쩌면 부모는 자식을 사랑하는 게 아니야. 사랑할 수밖에 없는 거지."

주희는 조용한 얼굴로 주스 캔을 매만졌다.

"안 그래? 이 작가."

주희는 조용히 웃고는 손에 들린 캔을 들었다.

한 모금 흘러 보낸 것이 식도를 타고 따갑게 퍼졌다.

"그런데, 아줌마는 사랑하는 사람이 있으시나 봐요?"

주희는 여자를 바라봤다. 중년 여자는 '왜?' 하는 얼굴로 주희에게 조금 다가왔다.

"사랑을 알아야 비관도 할 수 있다고 어느 책에서… 그러니까 꼭 사랑하다 상처받은…."

"스톱!"

중년 여자는 흥분한 얼굴로 두 손을 내렸다. 주희와 아저씨는 서로를 마주보며 입을 다물었다.

"뭐… 드실래요?"

상황 파악을 미처 하지 못한 듯. 남자는 여자에게 물었다. 빨간 얼굴을 하고 있는 주희는 자리에서 일어나 남자의 팔을 붙잡고 성큼 성큼 걸어 그 곳을 빠져 나왔다.

남자를 마중하며 병실로 돌아온 주희는 노트북을 펼쳐들던 손길을 멈추곤 생각에 잠겼다. 사랑. 사랑을 생각하다 떠오른 것이 있어서였다. 주희는 노트북을 펼쳐 타자기를 두드렸다.

"생각했다.

내가 이토록,

나의 아름다운 두 다리와 몸과 얼굴을 망가트릴 만큼.

나는 나를,

사랑하지 않았는지."

주희는 답답한 병원복 상의의 단추를 풀어 벗어던졌다. 휴대폰이 울렸다. 액정에 뜬 이름은 '돼지(언니)'였다. 주희는 장난스런 얼굴로 휴대폰을 갖다 대었다.

"오늘도 못 온다는 거지? 응, 그게 그거잖아. 응, 듣기 싫다구. 응. 우리 인연 여기서 끝. 올 스톱."

집어 던진 휴대폰이 다시 울렸다. 주희는 뿔난 얼굴로 전원을 꺼버리곤 다시 노트북 타자기에 손을 올렸다.

"나는 나의 비좁은 세계를 사랑했다. 등교할 때마다 손톱 정리를 하던 나를 사랑했고, 자주 찾던 비타민 워터를 100원이 모자라 쓸쓸히 편의점에서 퇴장하던 나를 사랑했다. 나는 나의 자존감을 사랑했고, 불안한 마음을 사랑했고, 나약한 생각으로 밤잠 설치던 나를 사랑했다.”

주희는 타자를 두드리던 손을 내려 스르르 새 하얀 배게 위에 고개를 파묻었다.

그랬다. 나는 단 한 번도, 나를 사랑하지 않은 적 없다.

*

주희는 노트북을 닫고 병실 침대 맡에 머리를 기대앉았다. 다치고 나서 다른 일은 생각해 본 적 없다. 전공은 미술인데 원래가 글쟁이였다고 할 수도 없고, 책벌레라고 하기엔 무리가 있었다. 주희는 하얀 침대 시트 위에 늘어진 몸을 눕혔다. 그래도 학교 다닐 때 그림으로 상을 받은 것보다 글을 써서 받은 상이 더 많았기도 하고. 주희는 조금 피곤한 눈을 감았다. 나와 같은 사람들이 없었으면 하고.

여기가 어딘가.

주희는 표정 없는 얼굴로 주변을 살폈다. 아니, 여긴. 황량한 사막.

주희는 중얼거렸다.

“오아시스라도 찾아야 해?”

“꼬마 주희?”

챙이 긴 모자를 쓴 민성 쌤은 볼록 볼록한 낙타에서 내리며 쓸쓸한 표정을 짓는다.

"목마르니?"

그러면서 하하하하 웃던 민성 쌤은 주머니에서 콜라를 꺼내 주희에게 윙크했다.

"이 세상에 온 걸 환영해."

민성 쌤과 주희는 수많은 나무들이 듬성듬성 높게 자리한 길을 끝없이 걸어갔다.

어느새, 이곳이 어딘가 인지는 궁금하지 않았다. 민성 쌤과 주희는 약속이라도 한 듯 말없이 걸어갔다. 그러자 드디어 저 앞에 바다인 것 같은 그러면서도 바다는 아닌 것 같은 요상한 물가를 발견했다. 계곡도 아니고 강은 더더욱 아닌 주희는 고개를 돌리며 소리쳤다.

"민성 쌤 저기 바다!"

옆에 있어야할 민성 쌤이 보이지 않았다. 주희는 바람 한 점 지나가지 않는 주위를 둘러보다 이내 고개를 돌렸다. 주희는, 오랫동안 거기 그 자리에 서 있다가 조용히 물가에 다가갔다. 물에 비친 주희의 모습은 초등학생마냥 어렸다. 주희는 그 모습을 한참이나 바라봤다. 황량한 바다. 그 속에 거대한 자취로, 둥둥 떠다니는 태양. 나는 그 모습이 우스워 고개를 돌렸다. 그곳에는 어린 나와 여린 엄마가 있었다.

그 둘은 한참을 실랑이 하더니 어린 주희가 휙 하며 소리 나게 돌아선다. 여린 엄마는 어린 주희의 뒷모습에 망부석이 된 채로 뒤를 돌아 소리 내어 울었다.

딱딱한 걸음으로 빠르게 걸어가는 어린 주희. 고개를 치켜들고 소리 죽여 투명한 눈물을 쏟아낸다. 선선한 바람이 불어오는 곳. 바다도 아니고 바다가 아닌 것도 아닌 곳. 잔뜩 움츠려 앉은 어린 주희의 어깨 위로 투박한 손이 내려앉는다.

주희는 겁을 집어먹은 채, 투박하게 내려앉은 큰 손을 밀쳐냈다. 그러나 다시 어린 주희의 작은 어깨를 따스히 감싸 안는다. 어린 주희는 밀쳐내지 않았다. 다만 지긋이 내려다보는 선한 눈을 팽팽하게 째려다 볼 뿐. 어린 주희에게 말했다. 조근조근한 목소리로. 어린 주희는 알아들을 수 없는 말에 눈썹 사이를 찡그렸다. 주희의 태도와는 상관없이 계속 되는 조용한 음성. 바라지 않아도, 대답하지 않았어도 끈이질 않는, 무언의 위로. 어린 주희는,어쩐 일인지 쉽게 감겨지는 두 눈을 느끼고 깊은 잠에 빠졌다. 깊은 울림은 꺼진 마음에 침범해 어린 가슴을 쓸어 닫았다.

병실 복도.

"그 투박한 손등에,무슨 그림이 있었게?"

민주는 주희의 물음에 한참을 찡그린다. 주희는 그 모습에 낮게 웃었다. 민주는 주희를 올려다보며 물었다.

"음. 왜 손등에 그림이 있어?"

주희는 장난기 가득한 얼굴을 하다 이내 조용하게 말했다.

"사실은. 사람 손이 아니거든."

민주는 겁을 집어먹은 얼굴이다. 주희는 웃음을 참느라 무진 애를 썼다.

"사람 손이 아니라니?"

주희는 조용히 말했다.

"사람이 아니거든."

민주는 주희의 섬뜩한 표정에 "꺄악!" 하며 주희의 품에 안겼다.

주희는 소스라치게 놀란 얼굴을 하는 민주를 보곤 키득거리며 웃기 바빴다.

민주는 그런 주희의 반응이 어려웠는지 조금한 얼굴에 큰 눈을 하곤 고개를 갸우뚱한다. 민주는 점차 가라앉은 얼굴로 주희에게 물었다.

"그 손이 누구야?"

주희는 민주의 짧은 머리칼을 매만졌다. 완전하지 않은 천체 음울하게 빛나는 달의 곁으로. 나비 한 마리 스쳐지나갔다.

주희는 오늘 꾼 꿈을 회상하며 불편하게 미소 지었다. 민성쌤은 현실에서나 꿈에서나 이해 불가능 남자인 것이 확실했다. 엘리베이터에서 내린 주희는 운동 치료실 문을 열었다. 일요

일이라 그런지 조금은 휑한 치료실. 주희는 얼추 괜찮은 자리를 조용히 물색했다. 조금 푹신푹신한 의자. 주희는 누가 먼저 앉을 세라, 빠른 걸음으로 다가가 자리에 앉았다. 아, 아이팟이 있었지. 환자복 속에 기다란 손을 집어넣었다. 듣고 싶은 노래가 있다. 흥얼거리고 싶은. 사비나 앤 드론즈의 목소리로 흉내 낼 수도 있어 주희의 손놀림이 빨라졌다. 터치하던 손길이 멈췄다. 귀에 꽂은 이어폰 줄을 만지작거리며 소리 내어 흥얼거리는 주희. 누가 보면 자신을 노망난 아이처럼 볼 수도 있겠지만. 여기 사람들은 분명 그럴 테지만.

"불…."

주희는 빨리 가을이 오고, 겨울이 와서 다시 봄이 왔으면 좋겠다고 생각했다.

"불 고양…."

내년이면 이빨도 전부 다 완쾌 할 수 있을까와 같은 조금의 걱정이 앞서는 것도 사실이었지만.

"고양 고양 불 고양…."

주희는 화들짝 놀라며 이어폰 줄을 잡아 당겼다. 반듯한 얼굴로, 조금은 측은한 얼굴로. 주희를 바라보는 민성 쌤이 있었다.

"진짜. 인기척 좀 하라니까."

생각해보니 병원 어디 옥탑에서 거주한다는 말을 들었던 것도 같았다.

"목소리가 섹시한데?"

"신고를 안 하면 다행이지."

"무슨 그런 섭섭한 말을. 노래 부르고 싶니. 노래방 갈래?"

아무렇지도 않은 얼굴로 말을 뱉는 민성 쌤을 보자니 헛웃음이 흘러나왔다.

"노래방이라?"

민성 쌤은 그렇다는 듯 연신 고개를 끄덕였다.

"병원 앞 소나무 공원에 오락실 있는 거 알지? 500 오락실."

주희의 표정이 작게 일그러졌다.

"…그러니까, 오락실 노래방이요?"

민성 쌤은 당연하지란 표정으로 고개를 끄덕인다. 주희는 얼떨떨한 표정으로 민성 쌤의 손길을 바라봤다. 이 사람이 자신을 어디로 데려가는 줄 어디로 납치라도 할 것 만 같았지만. 오늘은 이도 저도 다 괜찮을 것만 같은 날이니까.

<킬리만자로의 표범>을 주희를 향해 부르는 민성 쌤. 주희는 그 모습이 더 이상 어이가 없지도, 우습지도 않다고. 잠깐, 생각했다. 아마도 운동실에 홀로 앉아 노래를 흥얼거리는 자신이 조금 안쓰러워 보였나보지. 하면서.

열아홉, 스물. 병원 신세를 진날이 집에 있었던 날보다 더 많았지만. 다른 애들보다 사회로 나가 적응하는 시간이 조금 늦어진 것 같아 우울하기도 하였지만. 괜찮았다.

왠지, 어쩐지, 그냥 쭉 괜찮을 것만 같았다.

살아가다 보면.

지우고 싶어 애쓰는 그것을

뜻하지 않게 마주치는 순간이 있다

사회 이야기 속에서

주변 사람들 속에서

TV를 시청하다 뜻하지 않게 보고 듣고

누군가 생각 없이 선물한 책에도 그것(들)은 묻혀있고

영화 속에 드라마 속에 그리고 현실 속에

아주 자연스레 등장한다

심지어 사랑이라 부르는 것들 속에서도

그것은 정말 사랑인지 욕구일 뿐인지

내 안을 마구 휘젓는다

나는 계속 성장하고 성숙해 가는데

내가 자라면 자랄수록

지워지지 않는 것으로 굳어버린다.

감히. 그것은 괜찮아질 수 없는 것으로

다만, 잠시 미뤄두고 사는 것으로
나는 지금 최선을 다해 미뤄두고 있다.
내 사람들이 그 일을 까맣게 잊은 듯
그것을 내 면전에 갖다 놓을 때에도
그것을 그저 외면해버리려 할 때에도
나는 사랑으로 되려 외면하고
사랑으로 그것을 감싸 안고
그들을 사랑해서가 아니라 나를 사랑하니까
나는 나를 제일 사랑해야 하니까
그렇게 몇 번씩 외면하고 감싸 안다보면 어느새
정말 흐릿해져간다고 나는 내게 거짓을 고한다.
그러면 정말
흐릿해져만 가는 착각 속에 산다.
그리고 그 착각은
오늘 밤을 자유롭게 만든다.

2011~2014 주희 노트 중에서

6. 비극

주희는 남자의 밝은 얼굴과 제법 비슷한 미소를 지었다. 세상은, 누군가로 하여금 아프게도 하고, 누군가로 하여금 웃을 수 있게도 하는 것을. 그 때에도 알았더라면.

왜. 이리도 뻔한 비극은 한 때, 한 시간에 오는 것일까.

언제 몇 번 와도 결코 질리지 않는 그것으로.

행복은 행복했던 그때라 부르는데.

비극은 날마다 다른 문자로 오늘이라 부른다.

생각해보면 행복했던 시간들도 많았는데

왜 나는 계속 비극과 쿨하게 안녕하지 못하는 걸까.

돌이켜보니, 전에 하고 싶던 것들은 오늘 날 다 끝마쳤는데.

끝내고 나니 또 다른 것을 하고 싶어 애쓰는 중이다.

나는 분명 지금 충분히 행복한데

지금 당장 이루지 못한 것들 때문에 힘겨워한다.

분명, 인생은 그리 다 행복하게 살 순 없는 것이다.

그저 짧은 비극이 끝나면, 해피엔딩일 것이다.

그래서 인생은 재밌는 것이다. 분명히.

2011~2014 주희 노트 중에서

주희는 그림을 그려주기로 한 지혜와 휴대폰 카톡 방에서 욕설 난무하는 수다를 떨고 있었다. 지혜는 고등학교 같은 반, 가장 친하게 지냈던 친구였다. 애 그림 실력을 대충 아는 바로는 분명 예쁜 그림이 나올 거야. 주희는 그렇게 생각하니 어깨에 날개를 단 것 마냥 즐거웠다. 주희는 아이팟을 꺼냈다. 기분이 좋은 날이면 드뷔시의 연주곡을 들었다. 듣고 있으면 이 순간이 계속해서 재생되어 더 즐거운 날들이 머릿속에 그려졌기 때문이다. 주희는 아름다운 선율을 느끼려 눈을 감았다. 주희의 어디 언저리에서 피아노를 치고 싶어! 피아노를 당장 가져오지 못해! 라며 어린 애가 떼를 쓴다. 주희는 낮은 숨을 내쉬곤 다리 밑에 놓인 스케치북을 펼쳐들었다. 병원 생활을 오래하면서 주희가 그려놓은, 피아노의 흰색 검은색의 건반들. 주희는 침대에 붙어있는 접이식 식탁을 펴곤 그 위에 스케치북을 올려놨다. 피아노 건반이 그려져 있는 종이 위에 살며시 손가락을 올려다 놨다. 초등학교 때이었나, 유치원 때. 주희는 할머니와 같이 살았을 적 피아노를 배운 적이 있었다. 어디 가서 선보일 정도의 실력도 아니었고, 피아노의 놓인 악보를 보고 연주 하지도 못할 정도의 까막눈이었지만 무슨 일인지 주희는 작곡을 했다. 주희는 흘러나오는 선율을 긴 손가락에 집중시켰다. 주희는 2년 동안 실제 피아노 건반을 두드릴 섬세한 힘이 없어, 집에 전자건반이 있어도 '없으나 있으나'였다. 그런데도 종이 위에 그려진 건반을 우스꽝스럽게도 두드리고 있는 이유는 주희는 피아노 건반을 두드릴 때, 자신의 저 깊은 마음과 소통할 수 있다고 그 일이 '가장 중요한 일'이라고 굳게 믿고 있었기 때문이다.

"또 피아노 치는 거니?"

병실 방문을 조용히 닫는 민성 쌤이 뿔테 안경을 들어 올리며 가까이 다가온다.

주희는 눈을 살짝 뜨고 다시 감았다.

민성 쌤과 옥상에서 쭈쭈바 내기를 목적으로 '구구단을 외자!'를 하기로 했다. 민성 쌤 말로는 위의 내기가 전부 다 '사랑하는 주희를 위한 내기'라고 하는데 쭈쭈바를 한 겨울에도 찾았던 민성 쌤 말을 믿을 수가 있어야지. 주희는 미소를 머금고 감았던 눈을 떴다. 화려한 햇살 한줌이 주희가 그려놓은 건반 위에 내려앉았다. 주희는 웃었다. 하늘도 내가 바보같이 보이진 않나봐. 주희는 천천히 두꺼운 종이를 두들기고 있던 손을 내려놨다.

"난 괜찮은데. 나가 있을까?"

민성 쌤이 조심스레 주희에게 다가와 묻는다. 주희는 그 모습에 고개를 절래 저었다. 민성 쌤은 아빠 미소와 같은 표정을 짓는다. 주희는 스케치북을 접었다. 귀에 꽂아 넣은 이어폰 줄을 잡아당기곤 침대 밑에 놓인 환자용 슬리퍼를 신었다. 민성 쌤의 아빠 미소와 같은 얼굴을 가까이서 보니 우악스러운 마음이 들어 우습다는 듯 주희는 웃었다. 주희는 병실을 빠져 나와 엘리베이터에 몸을 실었다. 먼저 타고 있던 남자의 휴대폰에서 '정재형-사랑하는 이들에게'의 곡이 흘러 나왔다. 주희는 6층을 누르는 민성 쌤의 떨어지는 손을 바라봤다. 민성 쌤의 손에 들린 것은 피아노 건반이 그려져 있는 주희의 스케치북. 주희는 민성 쌤의 의도를 잘 안다는 듯 머리를 감싸며 창피한 얼굴을 두 손으로 감쌌다.

야심한 밤, 새벽 1시. 303호.

주희는 사물함에 붙어 있는 거울을 들여다보며 파운데이션이 발린 스펀지를 얼굴에 두들겼다. 귀에 꽂아 넣은 이어폰으로 흘러나오는 노래는 '윤한-London' 벽에 걸인 시계를 힐끔 쳐다보니 시계 바늘은 새벽 1시를 향해 돌진하고 있는 듯 했다. 주희는 동수와 함께할 한밤중의 행진을 떠올리며 낮게 웃었다. 그는 얼마 뒤면 자신의 부모가 사는 프랑스로 떠난다고 했다. 그래서 그가 제안한 '안녕의 날'이기도 했다. 주희는 조금 쓸쓸한 마음이 드는 것이 우스워 가만히 웃었다.

병실 조금 열려진 문틈 사이로 어느 사이 도착한 남자가 고개를 살짝 내민다. 주희는 병실 안으로 들어온 조금의 빛을 느끼곤 고개를 돌려 남자를 바라보며 소리죽여 말했다.

"준비 됐어?"

남자는 장난스런 얼굴로 자신의 차키를 오른 손으로 들어 보인다.

주희는 고개를 절래 저었다.

"나한테 운전대를 맡길 준비."

"뭐?"

하얀 색 쿠페가 요란한 소리를 내며 제법 그럴싸하게 달리는 듯 보였지만 그 속의 남자의 심장은, 절벽 끝에 대롱대롱 매달려 있는 상태와 다를 바 없었다.

갑작스레 정차한 까닭으로 바닥의 타이어 타는 냄새가 진동을 했다. 주희는 운전석에서 천천히 내려왔다.

"재밌군."

"뭐? 지금 재미라고 했어?"

남자와 주희는 서로를 가로지르며 자리를 바꿔 탑승했다.

"인생이 가끔 이렇게 도발적이어서 나쁠 건 없잖아. 그리구. 한 번 해보라고 한건 그 쪽이거든?"

남자는 주희의 말에 기가 차다는 듯 헛숨을 토했다. 주희는 조금 편안해진 얼굴로 눈을 감고 말했다.

"녹차 라떼 한 잔이면, 더 이상 장난 안 칠 수 있는데… 약속한다구."

"언젠 약속은 어기라고 있는 거라며?"

주희는 볼을 긁적였다. 그러다 고개를 돌려 최대한 감동적인 표정을 지었다.

"정말이라구, 오빠."

"이럴 때만 오빠래. 어휴 내가 널 어떻게 이겨."

주희는 기다렸다는 듯 안전벨트를 맸다. 승자의 여유를 덤으로 의자를 뒤로 조금 제쳐 앉았다. 어두운 골목을 지나 저 멀리 홀로 밝은 빛을 내뿜는 카페 길로 천천히 들어갔다.

어느 24시 카페.

남자가 받아든 두 개의 컵을 확인하곤 3층으로 올라갔다. 이 카페의 가장 좋은 점은 사람이 아무리 많아도 꽤 조용하다는 것이었다.

"너희?"

원형 테이블 앞에 거짓말처럼 중년 여자와 그 맞은편에 앉아있는 아저씨가 천천히 고개를 돌린다.

"니네 사귀냐?"

주희는 놀란 눈으로 고개를 저었다.

"그러는 두 분은…?"

남자는 주희의 손에 덥석 따뜻한 녹차 라떼가 담긴 컵을 쥐어줬다. 그 모습을 지켜보던 아저씨는 고개를 절레 절레 저었다.

"저 무뚝뚝한 놈을 어떻게 휘어잡았냐 주희야."

남자는 주희의 앞을 지나 아저씨의 놀림을 달래며 자리에 앉았다.

"주희 오늘 건드리면 안돼요. 또 운전대 잡을라."

꼬투리 잡을 생각에 잠시 빠져있던 주희는 김새는 말에 아쉬움을 감추며 적당한 자리에 앉았다. 아저씨와 중년 여자는 같은 재활병원을 두 번이나 함께 옮겨 다닌 아주 절친한 관계라고 했다. 게다가, 서로 믿기진 않았지만 미혼이었다.

주희는 그 사실을 엮어 보기 좋게 놀릴 거리를 찾다 찾다가 아저씨의 말장난 연배를 이길 수 없음을 생각하고는 그냥 이들의 대화에 끼는 것으로 자신과 합의를 봤다.

"정말? 운전대 잘 잡았어?"

중년 여자는 놀란 얼굴을 하며 남자에게 가까이 다가왔다. 남자는 어색한 듯 웃었다.

"예. 누가 보면 경력이 10년 되는 것 마냥 휘두르더라구요. 저 죽을 뻔 했어요."

중년 여자에게 약한 소리를 늘어놓는 남자를 주희는 힘주어 노려봤다. 그 모습을 지켜보던 아저씨가 웃는다.

"밟는 게 중요한 것이 아니어요. 잘 멈추는 게 중요한 것이 운전이야. 주희 너 그러다 운전대에 머리 박고 운전 후유증 생겨."

"브레이크 감각은 좋던데요."

남자는 아저씨를 보며 어색하게 웃는다. 맞지, 뭐. 처음치고는. 주희는 고개를 돌려 머리를 매만졌다.

"그래? 주희 인생 한 번 잘살겠다. 인생이라는 운전도, 멈추는 게 중요하거든."

중년 여자는 너그러운 얼굴로 고개를 끄덕이다 입을 연다.

"그럼 인생 좀 멈추는 김에 노래방 고?"

"예?"

난생처음 노래방 미러볼의 대단함을 배우고 마이크의 줄이 얼마나 많은 것을 표현할 수 있는 지를 배운 날이었다. 남자의 '안녕의 날' 작은 파티를 끝내고 어쩐지 아쉬운 마음이 사그라들지 않는 것을 탓하며 중년 여자는 2차를 원했지만 서로가 가장 건강한 모습으로 다시 만나 그 때를 축하하자며 중년 여자와 새끼손가락을 거는 남자의 너그러운 말을 끝으로 눈물을 그렁거리는 중년 여자와 아저씨를 두고 그곳을 빠져나왔다. 주희는 유리창을 내려 가을이 다가오는 듯한 시원한 바람을 마셨다. 숨 가쁘게 들어오는 바람을 그대로 들이마시니 왠지 조금 그리운 기분이었다.

"주희야."

운전에 몰입하던 그가 주희를 힐끔 쳐다보더니 말했다. 주희는 고개를 돌렸다.

"응."

그는 얼마 없던 표정을 하곤 조금 크게 미소 지었다.

"우리. 또 보자."

주희는 남자의 밝은 얼굴과 제법 비슷한 미소를 지었다. 세상은 누군가로 하여금 아프게도 하고 누군가로 하여금 웃을 수 있게도 하는 것을 그 때에도 알았더라면. 주희는 비스듬히 웃고는 볼륨을 높게 올렸다.

SEVEN YEARS_ NORAH JONES

Spinning, laughing, dancing to her favorite song
그녀가 가장 좋아하는 노래에 맞춰 돌고, 웃고, 춤을 춰봐요.

A little girl with nothing wrong
아무 문제도 없는 작은 소녀는

Is all alone
언제나 혼자에요.

Eyes wide open
눈을 크게 떠봐요.

Always hoping for the sun
언제나 태양을 향해 기도해요.

And she'll sing her song to anyone that comes along
곁에 있는 누구에게나 그녀는 노래를 불러줄 거예요.

Fragile as a leaf in autumn Just fallin' to the ground-
Without a sound
부서지기 쉬운 가을의 낙엽이 지금 막 소리없이 땅에 떨어지네요.

Crooked little smile on her face

얼굴에 피어나는 작은 미소와 함께

Tells a tale of grace

그녀의 아름다운 이야기를 들려주죠.

That's all her own

그것이 그녀가 가진 것 전부에요.

Fragile as a leaf in autumn Just fallin' to the groundWith-out a sound

소리 없이 떨어지는 가을 낙엽과 같은 허약함

Spinning, laughing, dancing to her favorite song

그녀가 가장 좋아하는 노래에 맞춰 돌고, 웃고, 춤을 춰봐요.

She's a little girl with nothing wrong

아무 문제도 없는 작은 소녀는

And she's all alone

언제나 혼자에요.

7. 차갑고, 따가운 음료

주님. 이곳에서 많이 아픈 사람들,
그들의 가족까지. 덜 불행하게 해 주세요. 덜 아프게 해주세요. 많은 힘을 주세요. 제게 늘 주셨던 것처럼. 주희의 고운 얼굴에서는, 오랫동안 꺼내 들지 않았던 고통에 나날들의 눈물이 형체가 되어 떨어졌다. 주희는 흘러내린 눈물들을 손등으로 닦아내며 감았던 눈을 떴다.

나는 사실 네가 생각하는 것보다 더 괴짜다.
고등학교 졸업식, 설레이는 마음으로 교실에 들어갔을 때.
다리병신이 된 나를 보며, 삼류 소설과 같은 귓속말들이
오고 갔을 때에도.
나는 옆에 앉은 친구와 웃고 떠들며 무관하기 수월했는데.
우습지만 유일하게. 믿었던 사람마저 나의 진실을 묻지 않
고 그저 동조해버렸을 때.
꽤 버틸 만 했는데.
너를 만나, 나는. 참을 수 없을 만큼 슬펐다.
나는 버틸 수 없을 만큼,
견뎌내고도 힘에 겨울 만큼 너를.
사랑했다.

2011~2014 주희 노트 중에서

사실 내가 그를 처음 만난 것은 신촌 세브란스 병원을 가는 272번 버스에서가 아니었다. 나는 그를 재활병원 옥상의 하늘공원에서 본 적이 있다. 그에게는 이러한 사실을 말하지 않았다. 사실, 나는 그를 보낸 지 한 계절이나 바뀐 지금 부엌 냉장고에서 흰 우유 200ml를 꺼내 마시는 오늘 날에 와서야 문득 기억을 하는 것이었다. 이 사실을 그가 알면 조금 서운해 할까.

그는 나만큼이나 괴짜였다. 내가 자신의 운명이라고 하는 그의 말을 정말 철석같이 믿게 했으니까. 아니나 다를까. 그를 보낸 지 한 계절이나 바뀐 지금도.

그리 믿고 있으니까.

2013 여름.하늘공원.옥상.

주희는 테이블 위에 축 늘어진 어깨를 하곤 앉아, 애꿎은 머리카락만 빙빙 꼬고 있었다. 동수가 그놈의 프랑스인지 빠리인지, 제 멋대로 떠난 것이 이제와 보니 마음에 심히 안 들어서였다. 주희는 긴 숨을 내쉬었다. 이런 날, 동수와 함께 소리 없는 전쟁을 치러야하는데. 언젠가 동수와 선선한 바람을 만끽하며 주희는 독서 중이였다.

"사람은 누구나 나쁜 버릇이 있다. 자기 자신만 알 수 있는, 그러나 그것을 인정하느냐 마느냐 다르지만."

주희는 볼을 긁적이며 고개를 들었다.

"오빠. 나 나쁜 버릇이 있어."

짧은 갈색 머리칼을 쓸어 넘기던 동수는 무슨 생각에서 인지 혼자 조용하게 웃고는 주희를 지긋이 바라본다.

"너의 진심을 나쁘게 말하는 거."

주희는 고개를 돌려 그의 얼굴을 바라봤다. 동수는 괜찮다는 얼굴로 말한다.

"우리 꽤 친하다니까."

어렸을 때에는 누가 자신의 마음을 아는 것이 두려웠다.

'나'의 진심을 알고, '나'의 마음을 아는 것. 그것만큼 두려운 일이 또 없었다. 그런데, 스무 살의 주희는. 오늘의 자신을 조금 알아차리는 그가 자신의 곁에 오랫동안 머물러주길 바랬다. 주희는 조용히 웃었다. 그런데 그때, 갑작스런 인척이 느껴져 주희는 무심코 고개를 돌렸다. 한 여름날의 내리쬐는 햇살을저기 멀지않은 곳에서 받아내고 있는 한 남자가 있었다. 단 한 번도 본적 없는 저런 웃음은 이 퍽퍽한 세상에 있을 리 없다고 착각을 하게 만들 만한 웃음을 짓고 있었다. 주희는 한 동안 넋을 놓고 바라보다 뜻 모를 부러움이 인색해 자리를 떠났다.

빵!빵!

넓은 도로면에 줄을 이어 선 크기 다른 차들. 혼잡한 교통 신호 속에서 신경질적인 경적 소리를 줄지어 뿜어냈다. 주희는 재활병원 앞 버스 정류장에 붙어있는 버스 노선도를 확인 중이었다. 이유인 즉, 이젠 제법 걸을 줄도 알고 심지어 제자리 뛰기도 하는지라, 자신은 당당히 대중교통을 이용할 권리가 있다는 것이었다. 사실 아직, 계단이 많은 지하철은 보기만 해도 절로 숨이 가빠오고 게다가 세브란스 병원 앞까지 가는 버스, 떡하니 재활병원 앞 버스정류장에 있어서였다. 주희는 2년 만에 처음 버스 타는 것에 대한 설레임이 느껴지는 것이 쑥스러워 낮게 기침했다.

어느새 도착한 버스. 주희는 조금 두려운 얼굴로 버스 계단을 올라섰다. 준비한 요금을 차례로 넣고 제일 앞좌석에 주희는 앉았다. 과속 방지턱을 버스가 밟고 지나갈 때 마다 주희는 마치 놀이기구를 타는 것 같다고 생각했다. 그 생각 또한 우스워 주희는 창문을 조금 열었다. 어느새 마침표를 찍는 여름날의 더운 바람이 주희의 기분 좋은 얼굴로 선선하게 불어왔다.

'이번 역은 세브란스 병원입니다.'

주희는 벨을 누르려 자리에서 일어났다. 그러나 이미 빨간 불이 들어와 있는 벨이 보였다. 주희는 아쉬움을 뒤로하고 볼을 긁적였다. 그때, 이어폰을 꽂고 손잡이를 잡은 채 서 있는 재영이 보였다. 주희는 의아해할 만한 일이라는 것을 자신도 모르는 채 재영에게 시선을 고정 시켰다. 재영은 주희의 그윽한 시선을 느꼈는지 고개를 돌려 마주본다. 멈춰선 버스가 뒤이어 문을 열었다. 주희는 어느 사이 재영을 지나쳐 버스 계단 하나하나의 발걸음을 내렸다.

세브란스.

주희는 노곤한 몸을 늘어뜨린 채 병원 내부에 있는 예배당의 문을 조심스레 열었다. 자신이 이곳에서 마지막으로 기도했던 내용이 마침내 떠오르는 듯 주희는 빨개진 얼굴을 감싸며 은은한 조명이 떨어지는 곳에 앉았다. 주희는 두 손을 모았다. 무언의 참회인지, 나아진 지금 모습의 감사기도인지. 다만, 주희의 평온한 얼굴에서 더 이상의 눈물 젖은 물음 따윈 없었다. 조금 길어진 기도가 끝이 났는지, 주희는 앞에 놓인 검은색 그랜드 피아노에 다가가 뚜껑을 열어 앉았다. 오후 시간대라 기도를 드리러 예배당을 찾는 보호자나 환자는 별로 없었다. 그 사실 때문에 일부러 늦은 시간까지 한적한 병원공원 벤치에 앉아있었던 주희였다. 주희는 눈을 감았다. 주님, 이곳에서 많이 아픈 사람들, 그들의 가족까지 덜 불행하게 해 주세요. 덜 아프게 해주세요. 많은 힘을 주세요. 제게 늘 주셨던 것처럼. 주희의 고운 얼굴에서는 오랫동안 꺼내 들지 않았던 고통에 나날들의 눈물이 형체가 되어 떨어졌다. 주희는 흘러내린 눈물들을 손등으로 닦아내며 감았던 눈을 떴다. 기도를 마친 주희는 다시 평온한 얼굴로 피아노 건반에 손을 올려놓았다. 그런데 마음 깊이 피아노 건반을 두드릴 태세였던 주희는 자신과 멀지않은 곳에 앉아 묵념을 하고 있는 재영을 발견하곤 낮은 숨을 내쉬었다. 그러다 주희는 조금 놀란 눈을 했다. 옥상에서 그리고 버스 안에서 봤던 그 남자이었기 때문에 재영은 묵념이 끝이 났는지 조금 숙였던 고개를 들어 올려 얼굴을 매만진다. 재영은 아무런 의미 없던 눈으로 피아노 앞에 앉아있는 주희에게 시선을 옮겼다. 주희의 얼굴을 뚫어지게 바라보던 재영도 본의 아니게 놀란 얼굴이었다. 주희는 뜻 모르게 화끈거리는 얼굴을 감싸며 자리에서 일어나 황급한 발걸음을 내딛었다. 재영을 지나쳐 예배당의 문을 여는 주희의 뒤에서 재영의 나지막한 목소리가 울려왔다.

"또 다시 만나면 그 땐 인사해도 되죠?"

재영은 재밌기라도 하다는 듯 웃음기 배인 목소리로 물었다.

주희는 재영의 확신 비슷한 인사가 거슬렸지만 이내 못들은 채하며 그 곳을 빠져나왔다.

8. 두 번 봤던 예고편 (unexpected, in)

내가 하고 싶은 것을 달라고. 그 것 하나쯤은 줄 수 있지 않느냐고. 어렵겠냐고. 재영은 이를 악물었다.희망. 남들 누구나 하나쯤은 갖고 사는, 그런 희망을 지그시 눈을 감고 무상의 기도를 하던 재영은 스르르 눈을 떴다.

검은 일. 나의 잘못이 아닌 일. 그러나.
반항할 수 있을 나이, 또 다시 만난 검은 사람.
그것에 대해. 나는 너무나도 창피하고 부끄럽다 여겼다.
나 자신에게도. 죽음을 결심한 그 순간마저도.
영원히 묻어버리고 싶을 일.
창가 너머로 쏟아지는 햇살을 바라보던 중.
지나간 몇 차례의 사건들이 나의 머릿속에
사각 사각 그려졌다.
어떤 이들은 나를 바보라고 여기며 나를 멸시하기도 하고.
나를 멀리하기도 하고. 나를 외면하기도 했다.
그런데. 스물한 살을 가까이 바라보고 있는 나는.
봉사 활동을 바다건너 다녀온 것 때문인지,
머리가 완쾌된 것 때문인지, 나이가 먹은 탓인지.
때때로 날아오는 화살에 나는 침묵을 일관하는 편이었다.
아무렇지 않아서는 아니었다. 다치기 전처럼,
그들의 시선대로 말하는 것이 중요하다고 여기지 않아서도
아니었다.
나는 언제부터인가. 마냥 괜찮은 얼굴로
아무것도 말하고 싶지 않은 인간처럼.
정말, 바보처럼.
살아가는 중이었다.

2011~2014 주희 노트 중에서

"쉿. 소리 내면 안 된다구."

비좁은 화장실 칸. 주희는 자신에게 자꾸만 장난을 걸어오는 민주의 입을 감쌌다. 병원에 천사들이라고 불리는 아이들과 숨 막히는 숨바꼭질 중이었다. 술래에게 잡히는 사람은 '인디안 밥'이라고 불리는 장난 아닌 벌칙을 받는 것인데 문제는 병원에 천사들이라고 불리는 아이들 중 남자애들이 대부분이라는 사실이었다.

"정말?"

"그렇다니까."

문 밖에서 들리는 세면대 물소리와 함께 언젠가 들어본 적 있는 익숙한 목소리가 들려왔다.

"어려서 싸가지가 없나. 근데 나한테 예의는 차리더라구."

"미진 씨가 늦게 들어와서 모르는 거지 걔 작년엔 정말 심했다니까."

주희는 자신의 얼굴에 장난스레 손가락을 갖다 대며 민주에게 조용하자는 제스처를 취했다. 민주는 그런 상황이 재밌었는지 알았다며 고개를 여러 번 끄덕였다.

"자기 월차 냈을 때 말이야. 나 그날 식겁 했잖아. 스무 살짜리가 겁도 없이 대드는데 말이 안 나오더라니까. 미친년."

물기 터는 소리가 들렸다. 지난 번 원무과에 내려가 재활 치료 문제로 잠깐의 다툼이 있었던 아주 잠깐이었지만 간호사의 재수 없는 태도가 마음에 들지 않아 기억에 남는 일이었다. 그 일이 아직까지 떠벌릴 일이라니. 주희는 웃음이 나올 것 같았다.

"걔가 원래 술만 먹으면 자살 충동 느끼는 병이 있었대.

아니면 그냥 미친 거겠지. 그래서 별명도 미친년이잖아."

조금 굵은 여자 목소리를 뒤이어 다른 목소리가 화들짝 놀랜 기색을 보이며 웃는다.

"어머. 미친 거면 좀 무섭다."

언젠가 병원에서 떠도는 자신이 자살 중독이라는 소문을 지나가는 말로 전해들은 적이 있었던 것을 생각하며 주희는 웃었다. 떠벌리고 다닌 게 너였구나. 민주는 그런 주희가 낯선 듯.예쁜 목소리로 작게 속삭였다.

"언니 말하는 거야?"

주희는 화장실 칸 문을 열었다. 세면대에서 화장을 고치고 있던 여자 둘은 주희를 발견하곤 섬칫 몸을 굳혔다. 주희는 나지막이 말했다.

"병원엔 듣는 귀가 많죠."

벌건 얼굴을 하는 여자 둘은 헛기침을 몇 번 내뱉더니 꼿꼿하게 고개를 들어보였다.

"뭘?"

키가 큰 여자는 빨간 립스틱을 칠한 채 꽤 그럴싸한 표정을 지었다. 주희는 여자의 의기양양한 태도가 거슬려 말을 이었다.

"내가 그런 병이 있었나. 난 왜 몰랐지. 의사 선생님이 그래요?"

여자는 의사 선생님이라는 말 뒤를 상상하기라도 하는 듯 곤

혹스러운 표정을 지었다.

"…무슨 말이야?"

여자는 작은 두 주먹에 힘을 주는 듯 했다. 금새 바뀐 여자의 태도가 재밌다는 듯 주희는 조금 크게 웃었다. 여자는 웃는 주희를 보며 눈썹 사이를 구기다가 잠시 주춤하더니 고개를 들어 올리며 앙칼진 표정을 했다.

"주희 씨, 지금 되게 건방진 거 알아? 증거라도 있어? 스무 살짜리가 애들도 아니고 뭐하는 거야."

뻔뻔스런 얼굴을 치켜들고 우습다는 듯 웃는 간호사의 앞으로 어느 사이 가까이 다가온 민주는 곱게 접은 휴지 뭉치를 건넨다. 민주는 거만한 얼굴로 고개를 기울였다.

"그 립스틱이나 지워요. 애들도 아니고."

민주는 얼굴을 서서히 일그러뜨리는 간호사의 손에 곱게 접은 휴지를 쥐어주곤 주희의 가느다란 팔을 붙잡고 화장실을 빠져 나왔다. 성난 얼굴로 앞장서서 걸어가던 민주는 걸음을 멈추고 고개를 돌렸다.

"언니는 왜 화를 안내? 화 안나?"

주희는 너무도 씩씩하게 걷는 민주의 걸음을 따라잡느라 힘이 들었는지 가쁜 숨을 내쉬며 웃었다.

"너가 대신 화내줬잖아."

민주는 답답하다는 듯 소리쳤다.

"나 말고 언니 말이야!"

민주의 화내는 모습에 소리 내어 웃고는 주희는 민주를 내려다봤다. 주희의 시선이 느껴졌는지 민주는 머리칼을 헝클어뜨리던 손을 내려놓고는 주희를 바라본다. 주희는 민주의 새침한 그 얼굴을 보며 마치 자신들이 병원의 악당을 물리친 것만 같은 느낌이 드는 것이 재밌다는 듯 웃었다. 만약, 민주가 그 때 자신의 팔을 붙잡고 그 곳을 빠져나오지 않았더라면 그래서 더 큰 화제 거리가 만들어졌더라면, 웃음을 멈춘 주희는 가만히 생각하다 민주를 바라보며 말했다.

"고마워."

민주는 가만히 주희의 눈을 올려다봤다. 주희 눈동자에는 홀로 귀를 틀어막고 서 있는 어린 주희가 비췄다.

*

재영은 냉장고 문을 열어 여러 종류의 음료수 캔을 집어넣었다.

"하나면 된다니까."

침상에 누워 인상을 찌푸린 채 투정을 부리는 중년의 남자를 슬쩍 보고는 재영은 너그러운 목소리와는 다른 얼굴을 하며 뒤를 돌았다.

"아저씨는 탄산음료 안 된다고 했잖아요. 맛있는 거로만 골라왔으니까 이거 드셔."

재영이 내민 음료수 캔을 남자는 못이기는 척 받아들으며 말을 이었다.
"자네야 말로 병원에 누워있어야 하잖아. 자네가 나보다 더 환자 아닌가."
사람 좋은 얼굴을 하던 재영은 순식간에 사그리 표정을 지웠다. 재영은 아는지 모르는지 그 모습이 어찌나 무섭던지 남자는 헛기침을 내뱉으며 음료수를 들이켰다.

재영은 평소보다 일찍 침상에 드는 남자를 두고 병실을 나왔다. 봉사활동을 목적으로 오전부터 병원을 들락거리는 재영의 얼굴에는 고된 기색 하나 비춰지지 않았다. 재영은 평소에는 거들떠도 안 봤던 예배당 앞에 멈춰 섰다. 이곳에서 빌기라도 하면 그분이 들어나 주나. 재영은 의미 없는 얼굴로 예배당 문을 열었다. 저녁 시간대라 그런지 텅 비어있는 예배당을 쓱 보던 재영은 그 점 하나 마음에 들어 적당한 자리에 앉았다. 그리 길지 않은 세월을 돌아보지는 않았다. 앞으로의 나날들에 대한 큰 아쉬움도 없었다. 재영은 눈을 감은 채로 고개를 숙였다. 남은 시간은 그리 길지도 많지도 않다. 누군가 넋을 놓고 망부석이 된 재영에게 죽기 전에 '할 수 있는 일'을 하라고 말했다. 하고 싶은 일이 아닌, 할 수 있는 일. 재영은 피식 웃었다. 자신에게 그 말을 했던 사람을 찾아가 그의 목이라도 조르고 싶었다. 그 말을 전해들은 순간 재영은 알았던 것이다. 희망은 늘

잔인하다는 것을.

재영은 두 손을 모았다. 자신이 할 수 있는 일은 다 했다고, 지금도 하고 있다고. 좋은 일, 선한 일, 남을 돕는 일처럼 착한 짓만 골라서 그러니 내가 하고 싶은 것을 달라고. 그 것 하나쯤은 줄 수 있지 않느냐고. 어렵겠냐고. 재영은 이를 악물었다. 희망. 남들 누구나 하나쯤은 갖고 사는, 그런 희망을. 지그시 눈을 감고 무상의 기도를 하던 재영은 스르르 눈을 떴다. 조금 전에는 분명 발견하지 못했던 버스 앞자리에서 창문을 열고 앉아 혼자 조용한 웃음을 짓고 있었던 그 여자가 있었다. 주희 또한 간절한 이들과 다를 바 없을 평범한 기도를 피아노 앞에 앉아 조용히 두 손 모아 드리고 있었다. 그런데 재영은 주희를 결코 평범하게 보지 못했다. 동질감. 그것은 동질감이었다.

주희는 기도가 끝이 났는지 방긋 웃으며 피아노에 손을 올리다 말고 이제야 재영의 존재를 알았다는 듯 큰 눈을 하곤 벌떡 일어나 빨개진 얼굴로 예배당을 나갔다. 재영은 소리 죽여 낮게 웃었다. 문을 열고 나가는 주희의 얼굴은 자신이 방해꾼, 혹은 침입자라도 된 다는 식의 얼굴이었다. 재영은 주희가 나간 문에서 시선을 돌려 다시 눈을 감았다.

주님. 사랑하고 싶어요. 죽어 지옥을 가더라도.

재활 병원.

재영은 병실 문을 닫았다. 하루에만 자신이 몇 개의 활동을 하는 지는 상관없었지만 남자가 아닌 그것도 할머니를 상대로 하는 병간호는 자신이 없어서였다. 재영은 엘리베이터를 타고, 1층을 누르려던 손길을 잠시 멈추곤 도로 6층을 눌렀다. 한 적한 곳에 테이블도 있고 옥상 난간 위에 이제 막 피어난 꽃들이 듬성듬성 심어져있었다. 재영은 옥상의 풍경들을 둘러보다 쓰지 않은지 꽤 된 듯 보이는 낡은 창고를 발견하곤 소리 없이 다가가 문을 열었다. 비좁은 창고 구석 머리에 나무판자를 깔고 앉아 있는 주희가 있었다. 고개 숙여 쭈그려 앉아 있던 주희는 문을 통해 들어오는 빛이 느껴졌는지 고개를 들어올렸다. 무기력한 눈물들이 흘러내리는 채로 주희는 커진 눈을 했다. 재영은 무언가에 홀린 듯 울고 있는 주희에게로 조금 빠르게 다가가 자세를 낮춰 마주봤다.

"이제, 피하면 안 되겠는데요."

조금 빠른 숨을 내쉬는 재영의 얼굴에서 희미한 미소가 그려졌다. 주희는 할 수 없다는 듯 두 눈을 감고는 웃었다. 그들의 얼굴에서는 전에는 볼 수 없었던 희망의 빛이 그려졌다. 재영과 주희는 서로를 마주보며 비슷한 미소를 지었다.

이미 만남을 알고 있었던 사람들처럼.

재영은 오랜만에 들어선 현관문을 닫았다. 그가 받아든 시한부 선고를 아직 알지 못하는 어미가 보였다. 어미는 조금 말라있는 재영의 몰골을 쓱 보곤 찻잔을 기울였다. 재영은 열려진 자신의 방에 들어가 문을 닫았다. 챙겨 가야만 하는 물건이 있었다. 부스럭거리며 자신의 책상 아래 놓여있는 상자를 뒤적였다. 재영은 주희를 만난 뒤, 그녀에게 편지를 써야겠다는 작은 목표가 생겼다. 재영은 상자 깊은 곳, 바래진 편지지를 꺼내들었다. 언젠가 그가 사랑하는 사람이 생겼으면 하는 바람으로 내내 묵혀두었던 편지지였다. 그녀는 알 수 없겠지만, 이것을 꺼내들고 찾아드는 순간은 처음이자 마지막이겠지. 어느 사이 문을 열고 들어온 재영의 어미는 길게 늘어뜨린 머리칼을 한 손으로 움켜쥐며 열려진 방문에 기댄 채 재영을 바라봤다.

"나갈거니?"

재영은 숙였던 고개를 돌려 어미의 얼굴을 바라봤다. 그녀의 얼굴에 겹쳐 희미한 잔상이 떠올랐다.

'아빠.'

아비의 영정 사진만이 남아 있는 텅 빈 장례식장. 재영은 홀로 울고 있는 어미에게 다가갔다. 재영이 작은 손으로 어미의 옷깃을 부여잡자 그의 어미는 그 우아했던 얼굴을 일그러뜨렸다. 재영은 오래된 상흔 속에서 깨어났다. 상처입고 무기력하고 사랑을 갈구하던 순수했던 시절의 대한 잔상들. 재영은 그것의 대가리를 짓밟았다. 감상 따위에 젖어있을 여유가 자신에게 존재할 리 없었다. 재영은 무거운 몸을 일으켜 방문의 기댄 채 서 있는 어미를 지나쳤다. 가라앉은 얼굴로 거실을 나서는 재영의 뒤로 어미의 낮은 목소리가 들려왔다.

"병 때문에 그러니? 그럼 병원에 가지 그러니."

재영은 피식했다. 그가 어릴 적 앓고 있었던 정신 질환으로 학교에서 벌어졌던 제법 위험했던 사건을 그녀는 염려하고 있었던 것이다. 혹시나 또 다시 재영의 광기가 돋을까. 또 다시 미치광이 아들을 둔 여자가 될까. 재영은 표정 없는 얼굴로 뒤를 돌아 이질적인 표정을 짓는 어미를 바라봤다. 미치광이라고 놀려대는 키 작은 친구에게 그저 그 반만 한 주먹만을 휘둘렀어도 되는 일이었지. 재영은 배를 움켜잡곤 웃어댔다. 그런 재영의 모습을 한참이나 겁먹은 얼굴로 바라보는 어미를 보며 재영은 음울한 눈으로 고개를 낮췄다. 나에게도 당신의 사랑이 전부였던 시절이 있었지.

주희는 이어폰을 두 귀에 꽂아 넣고 양 팔을 열심히 휘저으며 제자리 뛰기를 하는 중이었다. 주희의 다소 큰 동작을 멀리서 지켜보고 있었던 민성 쌤은 낮은 숨을 쉬며 운동에 몰입중인 주희에게 다가와 소리쳤다.

"주희야! 그렇게 하면 다리에 무리갈 수도 있다니까!"

주희는 노랫말을 벙긋 벙긋 거리며 전 보다 훨씬 더 세게 팔을 휘저었다. 민성 쌤은 답답한 듯 다시 소리쳤다.

"주희야! 다리에 무리갈 수도 있다구!"

주희는 한 쪽 이어폰을 빼며 무심한 얼굴을 했다.

"안 갈 수도 있잖아요."

말을 뱉곤 다시 운동에 열중하는 주희를 바라보며 민성 쌤은 멍하니 중얼거렸다.

"그래. 조심하라우."

주희는 거친 숨을 몰아쉬며 허리 굽혀 무릎에 손을 얹혔다. 꽂혀 있던 이어폰을 빼며 옆 의자에 놓인 물을 단숨에 들이켰다. 앞 벽면에 걸린 시계를 확인해보니 시작한지 벌써 1시간을 넘어가고 있었다. 주희는 뿌듯함에 고개를 끄덕였다. 주희는 땀으로 젖은 이마를 매만지며 딱딱한 의자에 앉았다. 재영과의 만남 뒤 서로의 연락처를 묻지도 않고 다시 만날 날도 기약하지 않았다. 그런데도 어쩐지 주희는 그에게 전혀 서운한 마음이 들지 않았다. 주희는 조용하게 웃었다. 그가 다시 찾아올 것만 같았다. 그도 자신이 기다리고 있는 것을 알고 있을 거라 여겼다. 불안해할 겨를이 없는 온전한 믿음이었다.

9. 거기 그대로

자신이 아직 살아있음을, 재영은 기꺼이 느끼고 있었다. 재영은 고개를 돌려 재활병원을 바라봤다. 그녀가 나와 주길 바랐지만. 그렇지 않는다고 해도 크게 상처받을 생각은 없었다. 재영은 비스듬히 웃었다. 신이 죄악을 범하도록 돕지는 않으니까.

네가 나를 찾지 않는 밤이 길어.
바람은 더 많이 나를 찾아 불어오는데.
너에게 나는
언젠가 가본 적 있는 유원지인가봐.

이 밤이 계속 되길 바래.
오지 않을 너를 찾을 필요 없다는
이 밤이.

2011~2014 주희 노트 중에서

주희는 심각한 얼굴이었다. 어쩌다 주희의 우울한 얼굴을 들여다보고 가는 환자들이 느껴지면 주희는 제법 괜찮은 표정을 지었다. 주희는 다시 세상이 다 꺼질 것 같은 한숨을 쉬었다.

"개자식."

주희는 금새 새침한 얼굴로 고개를 돌렸다. 나 지금 기다리는 거야? 일주일 째 연락 한 통 없는 남자를? 연락할 전화번호도 묻지 않고 가버린 남자를? 하. 주희는 화통하게 코웃음 쳤다. 그러다 손에 들린 책을 펼쳤다. "8 Day. 8일 안에 모든 것이 끝난다. 8일 안에 무조건 남자는 연락하게 되어있다. 이것이 8 Day 법칙이다. 만약, 연락이 오지 않는다면 기다리지 말아라. 그는 당신에게 반하지 않았다." 주희는 손에 들린 책을 침대 위 구석머리에 내던지곤 가라앉은 얼굴을 양손으로 감쌌다.

"주희야."

어느 사이 문을 열고 들어온 아저씨가 우울 모드이었던 주희를 불렀다. 주희는 깜짝 놀라며 뒤를 돌아 묻는다.

"네? 누구 왔어요?"

기대 가득한 눈을 하는 주희를 보며 아저씨는 손에 들린 떡볶이가 담겨있는 비닐봉투를 주희 앞으로 내밀었다.

"옥상으로 오라구."

주희는 금새 커졌던 눈을 풀어 낮은 숨을 내쉬곤 고개를 끄덕였다.

사람 좋은 얼굴을 하고 있는 아저씨와 중년 여자가 보였다. 열려진 엘리베이터에서 내려 주희는 귀 뒤로 머리카락을 쓸어 넘겼다.

"주희야?"

병원에 있을 적 단 한 번도 화장을 하지 않던 주희가 옅은 화장과 머리를 만진 채로 걸어 들어오는 것을 보고는 중년 여자와 아저씨는 어색하게 웃었다. 주희는 그들의 시선보다는 더 중요한 볼일을 찾는 다는 듯 옥상 이 곳 저 곳을 둘러봤다. 그러다 안 되겠는지 잘 쓰지 않은 비좁은 창고의 문을 열어 얼마 지나지 않아 표정 없는 얼굴로 천천히 닫는다. 중년 여자는 그런 주희가 너무나 이상한 듯 바라봤다.

"누구 찾아?"

주희는 보는 사람이 다 숨 막힐 만큼 천천히 걸어와 자리에 앉았다. 주희는 한 쪽 팔의 턱을 괴었다.

"찾은 적 없어요. 어느 날 갑자기 나타난 것 뿐이라구요."

중년 여자와 아저씨는 서로를 마주보곤 희한하다며 웃었다. 주희는 턱을 괸 채, 젓가락을 들어 떡볶이 하나를 집어 들었다. 주희는 긴 떡을 측은하게 바라봤다.

너도 물들었구나. 빨갛게.

이상한 꿈이었다.

나는 죽은 듯 오랫동안 누워있다 일어났다.
내 손에는 반 쯤 꺾여 풀 죽은 안개꽃이 들려있었다.
나는 무언가의 홀린 듯 정처 없이 걷다가 재영과 마주쳤다.
그리고 재영의 손에는 반짝거리는 안개꽃이 들려있었다.
참 이상하게도 그 모습이 슬프지 않았다.
정말 이상했던 것은 슬프지 않다는 것이 의아할 만큼.
정말 이상하다 할 만큼 그 모습이
황홀할 정도로 아름다웠다는 것이다.

주희는 토요일 오전 치료를 다 끝마치고 병실로 돌아왔다. 토요일에는 오후 치료가 없어 '아쉽다'라는 생각은 해 본적 없다. 주희는 텅 빈 병실 문을 닫았다. 그래도 가을이 왔잖아. 주희는 창가 너머로 가을의 하늘을 바라봤다. 마치, 여전히 변함없는 파란 하늘이 노란 하늘같다고 주희는 생각했다. 가을의 축축한 냄새를 맡으며 병원 옥상에서 줄넘기라도 하고 싶었다. 주희는 침대 맡에 높게 있는 자신의 사물함을 열었다. 본래 각자의 열쇠로 잠그고 열고 하는 것인데. 택시만 타면 휴대폰을 놓고 내리는 자신을 외부의 침입자보다도 못 미더워 그냥 잠그지 않았다. 사물함에서 아이팟과 줄넘기를 꺼내 든 주희는 도로 냉장고를 열어 시원한 녹차 캔을 병원복 주머니 속에 넣었다. 그때. 병실 전화벨이 울렸다. 주희는 수화기를 들었다.

"주희 씨. 퀵으로 편지가 왔네. 가져가세요."

편지? 주희는 의문의 얼굴로 고개를 갸우뚱하더니, 알았다는 말을 끝으로 수화기를 내려놓곤 병실을 빠져 나와 엘리베이터를 탔다.

2층 원무과.

주희는 고급스런 대리석으로 만들어진 데스크에 다가갔다. 토요일이라 그런지 앉아 있는 간호사는 한 명 뿐이었다. 비교적 한가한 시간을 보내고 있었던 간호사는 주희를 알아보곤 웃으며 반겼다. 주희는 젊은 간호사가 내민 편지 봉투를 받아 들었다. 무늬 없는 오트밀 색 편지 봉투에는 <from 재영>이 적혀 있었다. 주희는 휘휘 편지봉투를 살펴보다 엘리베이터를 탔다.

안녕.
당신을 다시 만나고 싶은, 재영.
재활 병원 뒤 소나무 공원에서 기다릴게요.

기다린다는 말을 끝으로 날짜와 시간은 적혀있지 않았다. 하지만 그것만으로도 알 수 있었다. 그가 지금 자신을 기다리고 있다는 것을 주희는 빠르게 뛰어오는 가슴을 매만지며 병실로 급한 발걸음을 내딛었다.

재영은 나무판자의 '소나무 공원'이라고 적혀져 있는 것을 다시 한 번 확인하고서는 고개를 돌려 가을 하늘을 바라봤다. 여전히 푸르른 하늘이었다. 재영은 얕은 숨을 들이 마시고 뱉었다를 반복했다. 자신이 아직 살아있음을 재영은 기꺼이 느끼고 있었다. 재영은 고개를 돌려 재활병원을 바라봤다. 그녀가 나와주길 바랬지만. 그렇지 않는다고 해도 크게 상처받을 생각은 없었다. 재영은 비스듬히 웃었다. 신이 죄악을 범하도록 돕지는 않으니까. 재영은 조그마한 놀이터의 한 구석에서 신이 나게 흙장난을 치는 꼬마들을 바라봤다. 그러던 중 병원복이 아닌 단정한 일상복을 입은 채 조용하게 걸어오고 있는 주희가 보였다. 재영은 기다렸다는 듯 자리에서 일어나 그녀를 반겼다. 그런데 어쩐지 주희는 조금 불만 가득한 얼굴을 하더니 고개를 들어 올려 말했다.

"휴대폰 하나 사지 그래요?"

재영은 조금 놀란 얼굴을 하며 웃었다. 그런 재영의 행동이 더 못마땅한 듯 주희는 한 마디 덧붙이는 것을 잊지 않았다.

"누가 손해인지 잘 생각해봐요."

주희의 우스꽝스러운 표현에 재영은 고개를 젖혀 크게 웃는

다. 주희는 뾰루퉁한 얼굴을 풀어 다시금 차분한 얼굴을 하고는 웃고 있는 재영을 올려다봤다.

"내 이름은 이주희에요."

재영은 상기된 얼굴을 하는 주희를 지긋이 바라봤다. 주희의 얼굴은 가을날의 하늘과 언뜻 비슷해 보였다. 재영은 온화한 미소를 띤 채 말했다.

"내 이름은 윤재영이에요. 반가워요. 주희 씨."

가을의 파란 하늘은 정말 이상하게도 가을날의 하늘은 정말로 이상하게도. 석양의 끝자락처럼 노랗게 물들어 있었다.

재영과 주희는 비좁은 골목 안. 몇 사람 보이지 않는 한적한 카페에 들어왔다. 먼저 들어선 재영이 주문을 하는 동안 주희는 보기 좋은 자리를 골라 앉았다. 어느 사이 두 개의 잔을 받아든 재영은 주희의 앞에 녹차 티가 담긴 유리잔을 놓으며 자리에 앉는다. 주희는 커피를 즐겨 먹지 않는 자신의 취향을 알아본 재영이 새삼스레 놀랍다고 생각하며 웃었다. 주희의 기분 좋은 얼굴을 바라보던 재영은 조금 머뭇거리다 말을 꺼냈다.

"병원에 오래 있었는지 물어봐도 될까요?"

재영의 얼굴에서 느껴지는 긴장감을 읽고는 주희는 재영을 지긋이 바라봤다. 이 사람, 내가 연애를 해도 될 상황인지 환자인지 돌려서 물어볼 줄도 알고. 주희는 좀처럼 입을 열지 않는 자신을 기다리며 커피를 마시려던 재영을 올라다보곤 고개를 기울여 말했다.

"괜찮아요. 전염병은 아니니까."

주희의 얼굴에 재영의 입에서 한가득 내뿜어진 내용물들이 순식간에 뿌려졌다. 재영은 어쩔 줄 몰라 하며 테이블에 놓인 조각난 손수건으로 눈을 감은 채 입을 다물고 있는 자신의 만행들이 묻은 주희의 얼굴을 닦았다. 주희는 안 되겠는지 한 손을 들어 올리며 자리에서 일어나 화장실로 향했다. 재영은 아무래도 자신이 범한 실수로 더 이상 자리에 앉아 있을 수 없음으로 자신의 실수를 만회할 장소로 자리를 옮겨야 하겠다고. 그다운 매우 현명한 결론을 내렸다. 재영은 물기 묻은 얼굴로 화장실에서 걸어 나오는 주희에게 조심스레 다가갔다.

"괜찮아요? 미안해요."

미안한 얼굴을 하는 재영을 보며 주희는 무심한 얼굴로 고개를 들어 올려 말했다.

"…우리 말 놓을까요?"

재영은 앞 뒤 빼먹은 주희의 말에 약간 웃어 보였다.

"몇 살인지 아직 모르잖아요. 주희 씨가 또는 내가."

주희는 표정 없는 얼굴로 고개를 기울였다.

"그게 지금 중요할까?"

재영은 식은땀을 흘리며 뒤를 돌아 걷는 주희를 바라보곤 말했다.

"그래. 그러자."

재영은 뒷목을 쓰다듬으며 문을 열고 나가는 주희를 따라 나섰다. 가을날의 노란 하늘 아래 아슬아슬 그들만의 외줄타기가 시작되었다.

10. 당신을 알고 싶어요.
(from 재영)

어느 날. 재영의 입에서 항암치료를 거부하겠다는 웃음기 배인 목소리를 들었을 때. 그 웃음이 정말로 웃는 거라서. 그 모습이 정말로 슬퍼서. 그 모습을 지켜보는 해원마저 눈물이 나올 것 같아서. 재영은, 복잡한 얼굴로 소리치는 해원의 얼굴을 바라보며 말했다. “봉사활동까지 하는 환자이기도 하지.”

되게 이상해요.

잘 알지 못하는 당신을 나는 느낄 수 있어요.

말없이 따뜻한 당신이.

당신 마음을 말하지 않아도 알 수 있을 것만 같은 당신을.

나는 당신을 알고 싶어요.

주희와 재영은 가을날의 선선한 바람을 맞으며 도로를 걸었다. 주희는 재영과 있으면 이유 없이 마음 한 가운데 큼직한 모닥불이 있는 것만 같았다. 그냥 이유 없이 가까이 있다는 그 이유 하나만으로 따뜻한 온기를 주는 사람. 재영이 그런 사람에 속했다. 주희는 고개를 돌려 재영을 잠시 바라봤다. 키가 무지 커서 그런가 싫어서였다. 주희는 긴 머리칼을 양손으로 매만졌다.

"피아노 좋아해?"

말없이 걸어가던 재영은 잠시 걸음을 멈추곤 고개를 돌려 머뭇거리다가 물었다. 주희는 그런 재영을 넌지시 바라보다 고개를 끄덕였다.

"연주할 수 있는 곳. 정말 좋은 곳 아는데… 갈래?"

주희는 재영의 계속되는 머뭇거림을 보곤 얼떨떨한 표정으로 고개를 끄덕였다. 재영은 주희의 얼굴을 보며 언제 그랬냐는 듯 온화한 얼굴로 조금 앞서 걸어나갔다.

주황색의 큰 대문이 달려있는 저택 앞으로 재영은 뒤를 돌아 멈춰 섰다. 주희는 의아한 얼굴을 하며 저택을 들여다봤다. 언뜻 보이는 저택 안. 작은 연못가의 홀로 앉아있는 소년을 바라봤다. 몸체만 작은 재영이었다. 주희는 화들짝 놀라며 착한 얼굴을 하곤 조금 웃고 있는 재영을 바라봤다. 재영은 얼어 있는 주희가 무슨 생각을 하는 줄 다 안다는 마냥 고개를 끄덕거리며 말했다.

"걱정 마. 우리 집 아니니까."
재영의 뻔뻔스러움에 주희는 작게 버럭 했다.
"집은 집이잖아요."
어느 사이 튀어나온 존댓말과 조금 흥분한 얼굴을 하는 주희를 보곤 재영은 평화로운 얼굴로 말했다.
"하긴. 여기에서 당분간 지낼 거니까 우리 집이기도 하지."
주희는 재영에게 한 걸음 다가와 소리죽여 말한다.
"나한테 먼저 말을 했어야지."
주희의 조금 화난표정에 재영은 미안한 얼굴로 웃으며 두 손을 모았다.
"미리 말하면 안 온다고 할 것 같았어. 미안해."
주희는 재영의 슈렉의 고양이와 같은 표정을 바라보곤 낮은 숨을 내쉬었다. 재영은 조금 풀죽은 주희를 보며 따뜻한 웃음을 지었다. 주희는 고개를 들어 올려 재영의 사람 좋은 얼굴을 쳐다보고는 할 수 없다는 듯 이마를 짚고는 물었다.
"겨우 몇 번 본 내가 들어가도 될 만한 집인 건 확실해?"
걱정 어린 얼굴로 묻는 주희의 얼굴을 마주보며 재영은 진심으로 따뜻한 눈을 하고 말했다.
"그걸 걱정하는 거라면 언제든지 와도 좋아. 너만 원한다면."
재영의 깊은 시선이 주희의 얼굴에 닿았다. 주희는 재영의 검은 눈동자를 바라봤다.
그들을 감싸고 있던 공기는 가을날의 바람 때문인지 느슨하게 흔들리고 있었다.

주희는 대문을 들어서자마자 크기와는 다른 소담스런 풍경에 조금 놀랐다. 작은 연못을 뒤이어 조금 먼 곳에 크기 다른 집들을 바라보고는 소소한 풍경과 제법 잘 어울리는 건물이라고 생각하며 주희는 기분 좋은 얼굴을 하곤 계속해서 걸어갔다. 한껏 조화로운 풍경을 감상중인 주희를 뒤따라 걷던 재영이 살며시 말을 꺼냈다.

“저기 제일 작은 집에 피아노가 있어.”

주희는 조금 놀란 얼굴로 고개를 돌려 재영을 바라보다, 급한 걸음으로 어느새 재영이 말한 건물 앞에 섰다. 단정한 나무 탁자 뒤 열려진 투명한 창가 너머로 흰색의 그랜드 피아노가 놓여 있었다. 주희는 자신도 모르게 감탄사를 내뱉으며 다가갔다. 재영은 주희의 아이와 같은 얼굴을 보며 웃고 있었다. 그런데. 재영의 뒤에서 굵직한 목소리가 들려옴에 재영은 눈살을 찌푸렸다.

“이제 오냐?”

재영은 뒤를 돌아 주희와 가장 즐거운 시간을 보내고 있던 것의 방해꾼이자, 이 집의 주인이자, 자신의 하나뿐인 친구를 바라보며 손가락 하나를 입으로 갖다 댔다.

“조용히 해.”

몇일만에 보는 재영의 살기 어린 얼굴을 보며 해원은 친구의 멱살이라도 잡을 심정으로 빠르게 다가가다 걸음을 멈춰 섰다. 재영이 그토록 아끼는 피아노 앞에 혼자 조용하게 앉아 있는 주희가 있었다. 머리 빠른 해원은 능글맞게 웃으며 재영을 바라봤다.

"아! 손님이 오셨구나!"

해원에 확성기 저리가라 식의 외침으로 피아노 건반을 내려다보던 주희는 자리에서 일어나 조금 당황스런 얼굴을 했다. 재영은 밝은 얼굴의 해원을 쳐다보곤 이를 악물었다.

"좀 가."

해원은 재영의 살기어린 얼굴을 바라보며 표정 없는 얼굴을 했다. 언제 그랬냐는 듯 해원은 싱글벙글한 얼굴로 어느새 밖으로 나와 우뚝 선 주희에게 다가갔다. 자신의 집 풍경은 어떤지 이곳에 들어온 지는 몇 시간이나 되었는지, 밥은 먹었는지. 이것 저것 어색한 웃음을 짓는 주희에게 해원의 질문공세가 시작되려던 찰나였다. 재영은 싱글벙글한 얼굴을 하는 해원 앞을 가로 막으며 주희 앞에 섰다.

"정말 미안해. 이 시간은 들이닥칠 시간이 아니라고 생각했는데. 정말 미안."

재영의 뒤에서 해원의 코웃음 치는 소리가 들려왔다. 주희는 어색한 듯 웃으며 괜찮다고 한다. 재영의 뒤에 서 있던 해원이 슬쩍 고개를 내밀었다.

"그래, 나도 괜찮아요. 오래 있어도 돼요. 아님 자고 가도 돼요."

재영은 입술을 깨물며 뒤를 돌아 해원을 바라봤다.

"집 안 들어 가냐?"

해원은 웃으며 말했다.

"우리 집인데 뭐. 방도 많아요."

주희를 힐끔 쳐다보며 말하는 해원을 괴상한 사람보다는 제3세계의 사람 같아 주희는 고개를 끄덕이며 말했다.

"자고 갈 수는 없지만. 또 오고 싶을 것 같긴 해요."

재영은 주희의 말에 조금 큰 눈을 하며 고개를 돌려 주희를 바라봤다. 주희는 밝게 웃으며 단정한 탁자 맡에 놓인 나무 의자에 앉았다. 해원은 아차 하곤 오렌지 주스를 가져오겠다고 신신당부를 하며 돌아섰다. 웃는 얼굴로 걸어가던 해원의 얼굴에 묘한 미소가 흘렀다. 자식, 좋아할 줄도 알고. 해원은 룰루랄라 존재하지 않는 노래를 흥얼거리며 걷다 피식 웃고는 다시금 미소를 지워 가라앉은 얼굴로, 멀리 보이는 재영과 재영의 시선이 닿는 주희를 바라봤다.

어느 새 어두워진 하늘. 해원은 자리에 앉아 자신이 가져온 오렌지 쥬스를 매만지며 재영을 주시했다. 지나가던 개가 봐도 알 법한 풍경을 재영은 따뜻한 얼굴로 어깨를 으쓱하며 움츠려드는 주희를 보곤 자신이 입고 있던 셔츠 단추를 풀어 주희에게 덮어준다. 그 모습을 지켜보던 해원은 혀를 쯧쯧 차며 말했다.

"주희 씨 속지 말아요. 나 재 저러는 거 처음 보거든요."

주희는 혀를 내두르는 해원의 모습에 낮게 웃었다. 해원은,

주희에게 시선이 고정되어 있는 재영을 바라보며 무언가 생각났다는 듯 잠시 주저하다 말했다.

"너 오늘 아버지 기일이잖아. 먼저 갔냐?"

재영은 그늘진 얼굴로 가볍게 고개를 가로젓곤 무심한 눈으로 해원을 바라봤다.

주희는 그 동안 재영의 얼굴에서 찾아볼 수 없었던 그늘짐을 주시했다. 재영은 그런 주희의 시선을 느꼈는지 고개를 돌려 되려 가라앉은 얼굴의 주희를 바라보곤 흐릿한 미소를 지었다.

해원의 아쉬운 소리를 끝으로 대문을 열어 먼저 걸어 나온 재영이 주희를 슬쩍 바라봤다.

"오늘. 미안해."

주희는 해원의 얼굴을 바라보며 아니라는 듯 고개를 가로저었다. 그러다 주희는 작게 웃었다.

"부러웠어. 너네 둘."

해원은 천천히 주희를 내려다 봤다.

"뭐가?"

주희는 앞을 보며 웃음기 배인 목소리로 말했다.

"같이 살만큼 믿을 수 있는 친구가 있다는 거. 어려운 건데. 너희 둘 보니까 그렇지 않을 수도 있구나 싶었거든."

조용한 얼굴의 주희를 바라보며 느리게 걸음을 내딛던 재영은 텅 비어있는 도로 한 가운데 우두커니 섰다.

"나도 어렵다고 생각했어."

조금 늦게 걸음을 멈춘 주희는 몸을 돌려 재영을 바라봤다. 달빛의 고요한 그림자가 재영의 얼굴 위로 낮게 깔렸다.

"그런데."

재영은 주희를 바라보며 희미한 미소를 지었다.

"널 만난 후로 그렇지 않을 수도 있다고 생각했어."

재영은 웃음기 배인 얼굴로 대문을 닫곤 작은 연못에 앉아 있는 해원을 지나 잔디 길을 걸어가고 있었다. 재영의 뒤에서 해원의 나지막한 목소리가 들려왔다.

"연애. 그거 쉽지. 연애면 쉽지."

재영은 천천히 뒤를 돌아 해원의 깨끗한 얼굴을 바라봤다.

"그런데 네가 하고 있는 게 연애야?"

재영의 표정 없는 얼굴을 보며 해원은 답답하다는 듯 인상을 구겼다.

"너 환자야. 지금쯤 병원 침대에 누워서 항암치료 받고 있어야 할 환자라고!"

어느 날, 재영의 입에서 항암치료를 거부하겠다는 웃음기 배인 목소리를 들었을 때 그 웃음이 정말로 웃는 거라서 그 모습이 정말로 슬퍼서 그 모습을 지켜보는 해원마저 눈물이 나올 것 같아서 재영은 복잡한 얼굴로 소리치는 해원의 얼굴을 바라보며 말했다.

"봉사활동까지 하는 환자이기도 하지."

해원은 허탈한 듯 웃었다. 낮은 얼굴을 하던 재영은 고개를 기울였다. 그의 두 눈은 달빛의 젖어 물기 묻은 시선이었다. 재영은 비스듬히 웃으며 조금 놀란 얼굴을 하는 해원을 바라봤다.

"지옥에 가겠지. 나는."

11. 작은 호수 (1)

주희는 고개를 숙여 물속을 들여다봤다.저 깊은 곳. 먹먹한 어둠만이 전부인 곳. 갇혀있는 곳이 아니었다. 보호해주는 유일한 곳. 기다림. 누군가의 손길. 주희는 끌어안은 다리 위에 턱을 받치며 중얼거렸다. 아주 많이. 아직까지 슬프구나, 너도.

기원전.

로마 사람들은 동굴 속에 들어가,
파피루스의 쓰여진 '비밀'을 발견했다.
그 내용은 '다른 차원의 문'에 대한 이야기였다.
'다른 차원의 문'을 발견한 사람들은 비밀리에
그 방법을 실행했다.
그런데. 그 방법은 꽤나 위험했다.
그 때문에 실제로 목숨을 잃거나,
실종된 사람들도 여러 있었다.

그러나 극소수이었지만.
뜻하지 않게. 그 문을 열어 들어간 사람도 있었다.

2011~2014 주희 노트 중에서

추적추적. 가을비가 창가의 유리창을 두들겼다. 조금 짙어진 하늘 위로 수많은 빗줄기들이 쏟아져 내리고 있었다. 재영은 고개를 돌려 시계를 바라봤다.

"재영군."

병상에 누워있던 중년의 남자가 재영을 불렀다. 재영은 생각의 잠긴 듯 창가 너머로 쏟아지는 가을비를 바라봤다. 중년의 남자는 그런 재영이 못마땅하다는 듯 머리를 긁적이며 더 듬거렸다.

"재영군. 나. 사과 좀 더 줘."

재영은 아련한 잔상에서 깨어난 듯 앞에 있던 칼을 집어 들어 사과 껍질을 벗겨냈다. 남자는 재영의 모습을 가만히 바라보다 조용히 말을 꺼낸다.

"자네…."

재영은 사과를 깎던 손길을 멈추곤 고개를 돌려 남자의 사람 좋은 인상을 바라봤다.

"배는 안 깎나?"

재영은 작게 웃으며 자리에서 일어나 비닐 봉투에 담긴 배 하나를 꺼내 사과가 담겨있는 접시에 올려놨다. 재영은 어쩐지 평온한 얼굴로 중년의 남자를 바라봤다.

"…탄산음료 드시지 말구요. 간호사들한테 작업 걸지 말구요."

남자는 의아한 눈으로 재영을 올려다봤다.

"그 동안 감사했습니다."

꾸벅 고개를 숙이는 것을 끝으로 뒤를 돌아 나서는 재영의 뒷모습을 바라보곤 남자는 사과를 오물거리다 말고 말했다.

"애인이라도 생겼나. 그런 거야?"

재영은 고개를 돌려 남자를 바라보곤 방긋 웃었다.

"네. 되게 예뻐요."

*

재영은 병실 문을 닫고 넓은 복도 의자 적당한 자리에 앉았다. 그녀의 충고대로라면 손해 보는 쪽은 당신일 텐데 재영은 휴대폰을 매만졌다. 문득, 주희의 말과 표정이 재영의 눈앞을 가로막았다. "내 번호 잊지 말아요." 발개진 두 볼과는 달랐던 표현들 재영은 조용히 웃었다. 당신말대로 내가 손해 보는 것이 확실할 수도. 재영은 휴대폰을 매만지던 손길을 잠시 멈추곤 조금 떨리는 가슴을 뒤로하며 통화 버튼을 눌렀다. 긴 신호음 끝에 주희는 전화를 받았다.

"여보세요."

재영은 듣기 좋은 목소리에 희미하게 웃었다.

"주희야. 오랜만이야."

수화기 너머에서 짤막한 정적이 흘렀다. 재영은 괜스레 말을 이었다. 오늘의 날씨와 주희의 일과는 어땠는지의 관한 아주 지극히 범상한 질문들이 뒤를 이었다. 주희는 내내 시큰둥하다 입을 열었다.
“나 비 맞으러 갈 건데. 지금.”
주희의 말에 재영은 내내 긴장했던 표정을 풀고는 스르르 웃었다.
“나도 비 맞으러 가려고…. 같이 갈래?”
수화기 너머로 주희의 작은 숨결이 들려 왔다.
“…웃겨. 정말.”
영은 작게 웃으며 때론 자신의 때늦은 연락을 기다렸다는 주희의 투정을 듣곤 크게 웃기도 하며 자신의 가슴 한 구석 작은 모닥불을 들여놓았다.

재활 병원 앞.

우산을 쓰고 주희를 기다리던 재영은 큰 키의 입은 투명한 우비 안으로 검은 바지. 그 위에 몸매 선이 전부 드러나는 검은색 터틀넥을 입은 주희를 보았다. 주희가 병원 문을 열고 걸어 나왔다. 재영은 주희에게 다가가 우산을 씌우며 말했다.
“정말 이 비를 다 맞을 생각이야?”
주희는 우비 모자로 머리가 가려진 채 둥근 얼굴로 고개를 갸우뚱 했다.
“피할 수 없으면 맞아라. 몰라?”

재영은 어리둥절한 듯 어색하게 웃으며 주희가 내민 우비를 받아들었다.
"맞아라가 아니라 즐겨라 같은데."
"안 입을 거야?"
"아니 저, 그게."
주희는 멀대같은 재영을 지나쳐 걸어갔다. 재영은 얼떨떨한 얼굴로 우산을 접곤 우비를 입었다. 재영은 우스꽝스럽게도 속이 다 비치는 자신의 행색을 내려다보곤 어색하게 웃으며 뒷머리를 긁적였다. 재영은 조금 떨어진 곳에서 자신을 보며 키득거리며 웃고 있는 주희를 바라보곤 장난스레 인상을 구긴다. 재영은 소리쳤다.
"웃지 마! 이건 남자의 자존심이 걸린 문제라고!"
주희는 작게 웃으며 고개를 끄덕인다.
"알아! 씨스루 같아!"
씨스루 라니. 이 여자가 진짜. 재영은 성난 얼굴로 콧김을 내뿜으며 주희에게 달려갔다. 주희는 소리를 지르며 성난 호랑이와 같은 얼굴로 달려오는 재영을 황급하게 피해 뛰어다니기 바빴다.

해원의 집 작은 연못을 지나 재영과 주희는 가장 작은 집 특별한 문이 없는 투명한 창가를 열어 피아노가 놓여있는 공간 속으로 들어갔다. 어느새 우비를 벗어놓은 재영은 자신을 뒤이어 우비를 벗고 있는 주희를 바라봤다. 재영은 처음 보는 주희의 실루엣이 드러나는 모습에 낮게 기침하곤 뒷목을 매만졌다. 주희는 옷매무새를 정리하곤 뒤를 돌아 재영을 바라봤다.

"있지."

주희는 어쩐지 창피한 듯 한 쪽 어깨를 매만지며 말했다.

"우리 뭐, 먹을래?"

재영은 아차 싶다는 듯 웃었다.

"그럼. 여기 잠깐만 기다려줘. 내가 금방. 올게."

재영은 어색하게 웃더니 천천히 고개를 돌려 큰 창문을 열어 나갔다. 주희는 앞에 놓인 하얀색 그랜드 피아노를 바라봤다. 지난 번 해원의 손은 미처 보진 못했지만 재영의 길쭉하게 뻗은 손가락들을 생각해보면 너는 재영의 장난감이구나. 주희는 피아노 건반들을 내려다보곤 고개를 돌려 창가 너머의 쏟아지는 빗줄기들을 바라봤다. 주희는 어쩐지 싱그러운 마음이 일어, 우비를 입고 밖으로 나갔다.

꽤 넓은 잔디 길을 걷던 중 주희는 저 멀리 호수 가에 앉아 있는 소년을 발견했다.

그러고 보니 재영에게 물어보지 못했다. 이 집이 해원의 집이라면 해원의 동생일 것이 분명했지만.주희는 조금 가까이 다가가 조용하게 앉아있는 소년을 바라봤다.

아무리 봐도 재영의 얼굴이었다. 홀로 조용히 고개를 숙여 손장난을 치던 소년은 기척이 느껴졌는지 고개를 돌려 주희를 바라본다. 소년의 얼굴은 보는 주희마저 가까이 다가가 들여다보고 싶을 정도로 투명하고도, 순수했다. 주희는 물기로 젖어 있는 소년의 얼굴을 바라보며 조용하게 말했다. 비가 내리고 있다는 것도 의식하지 못한 채.

“그만 들어가. 추워.”

소년은 아무런 표정 없는 얼굴로 주희에게 손을 내민다. 주희는 무언가의 홀린 듯 천천히 다가가 소년의 작은 손을 잡았다. 주희는 화들짝 놀라며 소년의 손을 꽉 붙잡았다. 얼음을 붙잡고 있는 것만 같았다.

“진짜 감기 걸리겠다. 아니, 이미….”

소년은, 주희의 손이 놓지 않고 꽉 잡고 있는 주희의 손과 자신의 손을 바라보며 희미하게 웃는다. 주희는 잠시 이상한 느낌이 들었다. 다치기 전에도, 다치고 나서도 가위는 여러 차례 눌려본 적이 있었다. 지금 다시 생각해봐도 우습지만 귀신을 본 적도 있다. 그런데 그런 느낌과는 조금 다른 차원의 느낌이 주희의 온 몸을 휘감았다. 주희는 자신의 느낌을 찾으려 생각의 잠겨있던 중. 무언가에서 깨어난 듯 고개를 들었다. 어느 사이 소년은 사라져 있었다. 소년이 앉아 있던 자리는 그 누구도 밟지 않은 듯 보이는 뻣뻣한 잔디만 무성했다.

주희는 스르르 그 자리에 다가가 무릎을 끌어안고 앉았다. 조금 깊은 물속을 들여다보기라도 하는 듯 소년은 고개를 숙이고 있었다. 주희는 소년과 같이 고개를 숙여 물가를 들여다봤다. 저 곳에는 까마득해 보이는 어둠만이 있었다. 계속 내려다보고 있으면 자신도 모르는 채 그 어둠속에 갇혀 있을 것만 같은 느낌을 줄 것이 분명했다. 주희는 고개를 기울였다. 갇혀 있는 것이 아니라…. 주희는 화들짝 놀라며 무심코 뒤를 돌아봤다. 텅 비어 있는 정원과 끊임 없이 쏟아지는 가을비. 주희는 천천히 고개를 돌려 앞을 봤다. 소년의 얼음덩어리와 다를 바 없는 손을 맞잡고 소년을 바라봤을 때의 느낌은 슬픔이었구나. 주희는 고개를 숙여 물속을 들여다봤다. 저 깊은 곳. 먹먹한 어둠만이 전부인 곳. 갇혀 있는 곳이 아니었다. 보호해주는 유일한 곳. 기다림. 누군가의 손길. 주희는 끌어안은 다리 위에 턱을 받치며 중얼거렸다.

아주 많이, 아직까지 슬프구나. 너도.

주희는 재영이 요리해 온 볶음밥을 숟가락으로 요리 저리 휘젓다 말곤 재영의 옆얼굴을 바라봤다. 재영은 고개를 돌려 주희를 바라본다.

"왜?"

주희는 아니라는 듯 다시 숟가락을 휘휘 저었다. 이 집에 물귀신이 산다고 할 수도 없고 혹시나 그 물귀신이 재영의 동생인 것을 물어볼 수도 없었지만.

"머스타드 더 넣어야겠다."

제영은 다정한 얼굴로 주희의 볶음밥에 머스타드 소스를 쭉 짰다. 쭉- 재영은 엄청나게 부었다고 해도 과언이 아닌 머스타드를 보며 또 다시 발병한 자신의 실수의 낮은 숨을 내쉬곤 자신의 그릇과 바꿔 놓는다. 주희는 그 모습에 낮게 웃으며 재영을 바라봤다. 어쩐지 소년과의 만남은 비밀로 해야 할 것만 같았다. 그것은 소년의 손을 붙잡은 그 순간. 이미 약속한 것일지도 모른다고 주희는 생각했다.

12. 작은 호수 (2. 소년)

주희는 고개를 돌려, 재영의 머뭇거리는 얼굴을 바라봤다. 그리고는, 천천히 재영의 어깨에 머리를 기댄다. 재영은 희미하게 웃으며 주희의 머리 위에 자신의 머리를 기대었다. 가을날의 축축한 바람마저 부러운 듯, 그들의 주변을 은근하게 맴돌았다.

소년은 꿈이 있었대요.

하늘 위를 날고 싶거나, 구름 위를 걷고 싶다는.
그런 대범한 꿈은 아니지만.

소년은 꿈이 있었대요.

아침이면 신문을 펼쳐 들고 있는 아빠의 곁에 나란히 앉아,
고개를 끄덕거리는.

봄이 오면 친구들과 함께 어느 강가에 앉아,
맥주잔을 기울이는.

소년은 꿈이 있었대요.

소년은 그저,
어른이고 싶었대요.

2011~2014 주희 노트 중에서

재영은 열어놓은 창문을 닫곤 주희의 옆에 앉았다. 어느 덧, 거뭇한 하늘아래 쏟아지던 가을비는 눈에 띄게 줄어 있었다. 주희는 앞을 본채 입을 열었다.

"그 때, 세브란스 예배당에서 무슨 기도 했어?"

재영은 조금 가라앉은 얼굴로 머뭇거렸다. 당신에게 죄악을 범할 수 있도록 해달라고 빌었지. 재영은 고개를 돌려 주희를 바라보곤 이내 낮은 목소리로 물었다.

"넌?"

조용한 얼굴을 하던 주희는 고개를 기울였다.

"아마도, 희망을 달라고 빌었어."

재영은 굳어버린 얼굴을 천천히 매만졌다. 주희는 맑은 얼굴로 재영을 바라보며 무언가를 회상하는 듯한 얼굴로 말했다.

"있잖아. 어디에서 봤는데. 우주 안에 있는 모든 것들은 서로를 끌어당긴데. 비슷한 것끼리 만나 어울리고. 사랑을 하고. 그러는 거래."

재영은 진심으로 말하고 싶었다.

"우습지. 그런데 정말 그렇데. 그래서 운명이라는 것도 실제로 존재한데. 영화나 드라마 속에서만 존재하는 것이 아니라는 게… 정말로 믿기지는 않지만."

나는 당신에게 스쳐지나가는 뜨거움이길 바란다고. 내게만 지지 않는 꽃이길 바란다고. 당신은 나 따위에게 상처받지 않길 바란다고. 희망.

나 같은 인간에게 갖다 붙이는 것이 가당키나 하겠냐고.

"재영아."

주희는 조금 불안해 보이는 재영의 이름을 불렀다. 재영은 음울한 눈으로 주희를 마주봤다. 주희는 걱정 어린 시선으로 조금 움츠려든 재영을 바라봤다.

"괜찮아? 괜히 비 맞아서…."

주희는 자신의 손바닥을 재영의 이마에 갖다 대었다. 재영은, 한껏 미안한 기색으로 물들어 있는 주희를 바라보곤 음울했던 눈을 풀어 조금 다정하게 주희를 마주봤다.

"태어나서 비 처음 맞아봐. 피할 생각은 했어도 맞을 생각은 해 본적 없거든."

재영은 자신을 주시하고 있는 주희를 슬며시 바라봤다. 주희는 어깨를 조금 으쓱하며 말했다.

"나도 사실 처음이야."

주희는 작게 웃었다.

"우산 없이 걷다가, 갑자기 비가 오면 그냥 맞고 걸어간 적은 있어. 그런데, 우비 챙겨서까지 비를 맞고 싶었던 적은 없어."

주희는 의문이라는 얼굴로 재영의 이마에 올려다 놓은 손을 내려놓고는 고개를 낮추며 작게 중얼거렸다.

"참 이상해."

재영은 뜸을 들이는 주희를 바라봤다. 주희는 고개를 들어 깊은 시선으로 자신을 내려다보는 재영을 마주보며 말했다.

"어쩌면 나는, 너를 만나려고 다시 태어났나봐."

재영은 주희의 말의 의문을 가진 채 주희를 은근하게 내려다봤다. 그때, 재영의 고요한 얼굴을 바라보던 주희는 조용한 눈으로 재영의 넓은 어깨에 머리를 기댔다. 재영은 조금 커진 눈으로 자신의 어깨에 머리를 기댄 채 눈을 감는 주희를 내려다봤다. 주희는 얕은 숨을 내쉬며 나지막이 말했다.

"널 많이 좋아하나봐."

재활 병원. 오후 2시.

"미친 걸 거야."

주희는 홀로 병실 복도에 앉아 혼잣말을 중얼거리고 있었다.

"아니야. 미친 게 틀림없지."

주희는 재영을 만나 헤어진 지 꽤 시간이 흘렀음에도 불구하고 아니나 다를까 하루가 훌쩍 넘어 갔음에도 불구하고 내내 자신이 내뱉었던 말들을 되짚어 보고는 사색이 되어 '미쳤다'라는 말만을 되풀이 했다. 그가 어떤 눈으로 봤을까 만난 지 겨우 한 계절을 넘겼는데. 주희는 멍한 얼굴을 했다. 그때 주희의 휴대폰이 울렸다. 주희는 넋을 잃은 채 휴대폰 액정을 바라봤다.

'재영.'

주희는 얼굴을 두 손으로 덮었다. 받지 마. 받아서 무슨 말을 해. 주희는 계속해서 울리는 전화벨을 무시하려 휴대폰을 멀찌감치 떨어트려 놨다. 주희는 얼굴을 뒤덮은 손을 천천히 내려놨다. 무릎에 놓인 손가락을 몇 번이나 두들기더니 손을 쭉 뻗어 휴대폰을 가져온다. 주희는 전화를 받아들었다.

"주희야!"

수화기 너머로 재영의 밝은 목소리가 들려옴에 주희는 깊은 숨을 내쉬었다.

"밥 먹었어? 운동 중이야?"

주희는 고개를 저으며 말했다.

"아까 끝났어. 너는?"

재영은 잠시 머뭇거리며 말했다.

"같이 먹고 싶어서. 지금 병원 앞인데 내가 올라가도…."

주희는 벌떡 일어나 머리를 쓸어 넘겼다.

"아니! 안 돼. 내가 내려갈게."

주희는 문을 열어 자신을 기다리고 있었던 재영을 반기며 웃었다. 재영은 단정한 차림의 주희를 지긋이 바라보며 웃음기 배인 목소리로 말했다.

"병원복 괜찮은데. 신경 쓰지 않아도 괜찮아."

주희는 고개를 들어 올려 재영의 얼굴을 바라봤다.

"난 환자가 아니라 여자야."

재영은 새침한 표정을 짓는 주희를 다정하게 바라보며 고개를 기울여 미소 지었다.

옥상. 하늘 공원.

주희와 재영은 엘리베이터에서 내려 옥상의 테이블 의자에 다가갔다.

"여기 의자는 이상하게도 아침이면 물이 다 말라있거든."

"나무 의자인데도?"

주희는 웃으며 자리에 앉는다. 재영은 천천히 다가와 주희의 옆 자리에 앉았다. 주희는 고개를 돌려 재영의 웃음기 배인 얼굴을 마주보며 고개를 기울였다.

"알고 보면 선수야."

재영은 작게 기침했다.

"저기. 어제 네가 했던 말들도 만만치 않았거든?"

주희는 통명스런 얼굴을 했다.

"무슨 말? 난 아-무 것도 기억 안 나는데."

재영은 가는 눈으로 주희를 바라보다 천천히 주희 어깨 위에 머리를 기댄다. 주희는 조금 큰 눈을 하곤 살짝 고개를 돌려 재영을 바라봤다. 재영은 평온한 얼굴로 눈을 감고 있었다. 자신도 모르게 주희는 재영의 머리 위에 자신의 머리를 기대었다.

가을날의 선선한 바람이 불어왔다. 재영은 감고 있던 눈을 뜨곤 조용하게 말했다.

"누군가를 좋아해 본적 있어?"

주희는 재영의 머리에 기댄 채 낮게 웃으며 답했다.

"응."

언 뜻. 주희는 재영의 머리카락이 자신의 얼굴에 닿는 것을 의식하고는 남자의 머릿결에 대한 편견과는 다르게 참 부드럽구나 생각했다.

"좋아하는 걸 끝내 본 적도 있겠네?"

주희는 웃었다.

"그냥, 생각보다 되게 쉬웠어."

재영은 주희의 웃음소리가 듣기 좋아 자신도 모르게 미소 지었다. 주희는 가만히 생각하다 낮은 목소리로 말한다.

"좋아하는 마음이 실망으로 바뀌면 쉬워. 그 사람도 그랬는지는 모르지만."

어느새, 머리를 떼어내 재영을 응시하는 주희를 재영은 지긋이 바라봤다. 실망이라. 주희는 재영을 마주보곤 조금 웃었다.

"혹시, 질투해?"

재영은 지나간 마음을 존중한다는 듯 고개를 저으며 살짝 어깨를 으쓱해보였다.

"전혀."

주희는 재영의 맞은편 우아한 걸음을 내딛으며 지나가는 강아지를 쳐다봤다. 재영은 주희의 시선이 닿은 곳을 바라봤다.
"이 병원에는 희한한 일이 되게 많네."
주희는 늘어지게 하품을 하는 강아지를 바라보며 말했다.
"너구리같이 생겼어. 이름이 너구리일 거야."
"장군아!"
성큼 성큼 걸어오는 환자복을 입은 남자아이가 주희를 힐끔 째려보며 너구리처럼 생긴 강아지를 안아들었다. 남자아이는 주희를 쳐다보며 말했다.
"천사들을 지켜주는 장군이에요."
주희는 남자아이의 패기 가득한 얼굴을 보곤 어색하게 웃었다. 주희의 어색함을 느끼고 있던 재영은 웃으며 남자아이에게 말한다.
"그래. 장군이 멋있다."
"응. 형도 멋있어. 저 누나보다 멋있어."
재영은 멋쩍은 듯 웃으며 주희를 바라봤다. 주희는 두 눈을 가늘게 뜨며 재영을 노려보는 중이었다. 재영은 얼떨떨하게 웃었다.
"누나는… 누나는 예쁜 거지…."
"쯧쯧. 가자 장군아. 여기 있어 봤자 골치만 아파."
혼잣말을 다 들리게 중얼거리며 걸어가는 남자아이의 뒷모습을 바라보곤 주희는 버럭 했다.
"저 자식이…. 너 몇 호실 천사야!"

중얼 중얼 거리던 남자아이는 우뚝 선 채 뒤를 돌아 혀를 삐죽 내밀곤 엘리베이터를 탄다. 재영은 소리 내어 웃으며 무심코 고개를 돌려 주희를 바라본다. 흥분한 얼굴이던 주희는 고개를 돌려 재영의 웃는 얼굴을 마주 봤다. 재영과 주희는 서로 다른 표정을 풀어, 어느새 비슷한 얼굴을 했다. 찰나의 순간. 서로의 얼굴을 들여다보던 그들은 잠시 동안의 정적 속에 잠겨 있었다. 서로가 약속이라도 한 듯. 한 동안 그 누구도 조용하게 지속되는 정적을 깨는 사람은 없었다.

주희는 테이블 탁자 위 올려놓은 손바닥의 턱을 괸 채 긴 머리칼을 쓸어 넘기다 자신을 향해 비스듬히 웃고 있는 재영을 바라봤다.

"넌 있어? 좋아했던 여자."

재영은 조금 웃더니 고개를 기울였다.

"모르겠어. 누구를 좋아 했었는지."

주희는 의외라는 표정을 짓곤 앞을 바라봤다. 재영은 주희의 옆모습을 바라보며 조심스레 말을 꺼냈다.

"그런데 지금은…."

주희는 고개를 돌려 재영의 머뭇거리는 얼굴을 바라봤다. 그리고는 천천히 재영의 어깨에 머리를 기댄다. 재영은 희미하게 웃으며 주희의 머리 위에 자신의 머리를 기대었다. 가을날의 축축한 바람마저 부러운 듯 그들의 주변을 은근하게 맴돌았다.

13. 안녕

저 복도 끝에 마련되어 있는 작은 피아노가 보였다. 주희는 따뜻해지는 가슴을 매만지곤 뒤를 돌았다. 자신보다 더 감동받은 얼굴이 된 중년 여자와 흐릿한 미소를 짓는 아저씨. 미처 얼굴을 비치지 못한, 주희의 머리치료를 담당했던 선생님의 편지를 든 민성 쌤이 있었다.

동화 책 보면, 오래 오래 행복하게 살았습니다. 하는데

문학 책 보면, 인생은 결국 아름다워. 하는데

그러니까 용기를 갖고 열정을 안고 살아갈 수 있는데.

내일을 위해 웃고 지난날을 그리며 웃을 수 있는데.

정말, 그렇게 살아갈 것인데.

2011~2014 주희 노트 중에서

해원은 공원을 맴돌다 작은 연못에 널브러져 앉았다. 그러고 보니 이 작은 연못에 온 몸이 젖은 채 쓰러져있던 재영을 만난 지 벌써 한 해가 바뀌었다. 해원은 고개를 기울였다. 재영은 어째서 자신이 여기 누워있는 지를 모르는 얼굴이었다.

그렇다고 해서 기억을 잃거나 자신이 누구인지를 모르는 것은 아니었다. 해원은 지난날의 상흔 속에서 생각을 머물다 이내 낮게 웃었다. 그 자식은 사람을 빠른 시간 내에 끌어당기는 힘이 있다니까.

"웃기는."

어느새 재영은 해원의 옆에 털썩 앉는다. 해원은, 재영의 얼마 보지 못했던 평온한 얼굴을 바라보며. 가라앉은 얼굴로 재영에게 물었다.

"행복해 죽겠냐?"

재영은 낮게 웃고는. 자신의 긴 다리를 끌어안았다. 재영은 연못의 잔잔한 물결을 바라봤다. 물가에 비치는 자신의 얼굴을 들여다보며 고개를 낮췄다.

"니가 감히 내 아들을 다리병신 만들어?"

바다 모래사장의 쓰러져 앉은 채. 재영은 광기 어린 눈으로 자신을 내려다보는 어른들을 올려다봤다.

'너 따위 개망나니는 아무짝에도 쓸모없어.'

거구의 남자들은 청 테이프로 재영의 작은 입을 막고는 준비한 배 위에 어린 재영을 내던지며 함께 올라탔다. 재영은 온 몸이 밧줄로 묶여 있는 채로. 배 머리에 앉아 담배를 태우고 있는 젊은 여자를 노려봤다. 여자는 재영의 얼굴을 바라보며 말했다.

"그 아인, 신이 내게 주신 마지막 선물이었어."

여자는 재영에게 천천히 다가왔다.

"너는 네 엄마도 버린 개망나니니까. 이해하지?"

어린 재영은 물기 묻은 시선으로 여자를 힘주어 노려봤다. 여자는 태우고 있던 담배를 바다에 휙 던지곤 거구의 남자를 바라보며 고개를 끄덕였다. 남자는 재영에게 다가왔다. 재영은 커진 눈을 이리저리 굴리며 온 몸에 휘감아 있는 밧줄을 풀려는 듯 안간힘을 쓰고 있었다. 남자는 재영의 다리를 붙잡곤 돌덩이를 연결해 놓은 밧줄을 재영의 다리에 힘주어 묶었다. 남자는 어린 재영을 번쩍 안아 들었다. 그러고는 한치의 망설임도 없이 재영을 바다 속으로 내던졌다.

"재영아."

재영은 자신을 부르는 목소리에 잔상 속에서 깨어나 고개를 돌려 해원을 바라봤다.

"우리 여행 한 번 가자. 그게 어디든."

재영은 스르르 웃으며 해원을 바라봤다. 해원은 무언가 할 말이 더 남아있다는 마냥 머뭇거렸다. 재영은 해원의 얼굴을 지긋이 바라봤다.

"주희 씨도 같이 가자. 네가 말해 주희 씨한테."

재영은 혼란스런 얼굴로 사색을 했다. 해원은 긴장한 얼굴을 구기며 재영을 바라봤다.

"니가 안하면 내가 할 거니까 그렇게 알아."

재영은 천천히 고개를 돌려 해원을 마주봤다. 재영의 눈은 달빛의 음험함과 같이 차가웠다.

"어디 마음대로 해봐."

말은 뱉곤 일어나 몸을 돌려 걷는 재영의 뒷모습을 바라보고는 해원은 복잡한 얼굴로 재영의 뒤에서 소리쳤다.

"니가 안하면 내가 해! 나 진짜 한다! 어?"

재활 병원.

깊게 감겨 있는 두 눈 위로 따뜻한 손바닥의 살결이 닿는 것을 느꼈다.

주희는 움찔하며 일어났다. 부스스한 머리를 매만지는 아저씨와 중년 여자가 보인다.

"원래 아가씨들도 자면서 침 흘리고 그러니?"

"어머. 애만 그래, 애만. 무슨 소리야."

"다 알면서 하는 소리거덩?"

주희는 잠이 덜 깬 눈을 비볐다. 아직은 파란 새벽하늘을 의식하면서 중년 여자는 어색한 웃음을 감추려 주희를 재촉한다.

"자. 일단 신발부터 신어."

주희는 이상한 낌새를 눈치 채곤 아저씨를 바라봤다.

"지금 새벽인데요, 아저씨."

주희의 물음에. 아저씨는 헛기침을 연발하더니 말했다.

"따라와서 나쁠 건 없거든."

중년 여자는 아저씨의 얼굴만 바라보고 있는 주희가 못마땅하다는 듯 주희의 맨발에 대충 슬리퍼를 신긴다. 그리고는 감춰 들고 온 고깔모자를 주희의 머리에 씌웠다. 주희는 이제야 하루 앞둔 자신의 퇴원 날을 떠올렸다.

갑작스레 주희의 얼굴을 뒤덮은 안대로 시야가 캄캄해졌다. 뒤에서 느껴지는 아저씨의 깊은 숨결이 주희의 목덜미에 닿았다. 주희는 천천히 발걸음을 내딛었다. 병실 문이 열리는 소리가 들리고 캄캄했던 시야에 조금 밝은 빛이 닿는 것이 느껴졌다. 뒤에 있던 아저씨의 손길로 주희의 눈을 덮고 있던 안대가 벗겨졌다.

긴 복도에 끝없이 나열되어 있는 촛불들. 온 벽면을 가득채운, 의미는 같은 '안녕' 인사의 말.

그리고 저 복도 끝에 마련되어 있는 작은 피아노가 보였다. 주희는 따뜻해지는 가슴을 매만지곤 뒤를 돌았다. 자신보다 더 감동받은 얼굴이 된 중년 여자와 흐릿한 미소를 짓는 아저씨. 미처 얼굴을 비치지 못한 주희의 머리치료를 담당했던 선생님의 편지를 든 민성 쌤이 있었다.

그들은 조용한 얼굴로 주희가 피아노를 치길 기다렸다. 병원에 입원해 있을 때 하도 피아노 피아노 거렸던 자신의 말을 기억했는지 어디서 저 귀여운 피아노를 구해왔는지. 주희는 담담한 얼굴로 피아노 앞 나무의자에 앉았다. 조용한 미소가 끊이질 않자 주희는 헛기침을 내뱉었다.

주희는 깨끗한 얼굴로 연주를 시작했다. 고등학교 때 만들었던, 자신의 연주곡을. 주희는 의미 없이 뜨거워지는 가슴에 웃어 보였다. 의미 모를 눈물이 흘러내리는 것에 창피해 하지 않았다.

이 눈물들은, 이 날들이 창피한 일이 아니기에.

코까지 내려오는 안경을 쓰며 독서 중이었던 할머니는 안경을 벗으며 주희에게 묻는다.

"오늘이 퇴원하는 날이니?"

할머니의 부름에. 주희는 웃으며 말했다.

"네. 오늘 해요."

그때 병실 문을 활짝 열고 울상이 되어 들어오는 민성 쌤과 중년 여자 그리고 아저씨.

"주희야!"

"우리와 같이 이별…. 아니 씨 유 어게인 파티를."

주희는 벌떡 일어나 슬리퍼를 신고는 민성 쌤에게 다가가 입을 막는다.

"괜찮아요."

주희의 손바닥으로 입이 틀어 막혀진 민성 쌤은 '옴옴' 소리를 냈다.

"짐은 다 쌌니?"

아쉬운 얼굴을 하는 아저씨가 말했다. 중년 여자는 어느새 주희의 뒤에서 트렁크 가방을 꺼내 주희의 옷가지들을 챙기고 있었다. 주희는 어쩐지 수그러지는 마음이 일어 자신의 짐을 꾸리고 있는 중년 여자의 곁으로 다가가 짐을 챙겼다. 할머니는 주희에게 소리 없이 다가가 주희에게 사과 한 개를 들이민다. 느리게 짐을 꾸리던 주희는 고개를 돌려 할머니의 선한 얼굴을 마주보곤 희미하게 웃었다.

재활 병원 앞.

그들은 대로변에서 택시를 기다리고 있는 주희를 가만히 바라보다 안절부절이었던 중년 여자가 먼저 입을 열었다.

"조심해서 가."

어느 사이 주희의 작은 손짓으로 멈춰선 택시. 주희는 택시 유리창 너머로 기다려 달라는 말을 남기고는 왠지 어색한 공기가 흐르고 있는 그들의 앞에 다가갔다.

주희는 조금 웃어보였다.

"골뱅이 무침 사서 놀러 올게요. 그 동안… 감사했습니다."

주희는 고개를 숙였다. 아저씨는 조금 붉어진 눈으로 주희를 바라보며 "그래." 한다. 어쩐지 내내 말이 없던 민성 쌤은 조금 머뭇거리는 얼굴로 주희를 바라봤다.

"환자복 입고만 오지 않는다면, 추리닝 입은 주희도 반겨줄 거니까…."

민성 쌤은 울먹이는 목소리로 말을 이었다.

"꼭 와… 와야 해."

주희는 조용한 얼굴로 민성 쌤의 얼굴을 바라보더니 천천히 다가와 벙찐 얼굴을 하는 그를 안았다. 주희는 작은 목소리로 속삭였다.

"고마웠어요. 정말로."

2013년 11월 18일.

오늘은 예년보다 무려 20일이나 일찍 첫눈이 내렸다. 많은 양은 아닌지라 첫눈이 내리는 것을 지켜볼 수 있는 행운은 모두에게 골고루 주어지지 않았다. 하지만 주희는 재영이에게서 걸려온 전화를 받고는 빠르게 창가 곁에 다가가 첫눈이 내리는 것을 볼 수 있었다. 주희는 조용하게 웃으며 긴 머리를 쓸어 넘겼다.

"그냥 책 읽어."

자신의 침대 위에 앉아 만화책이 쌓여져있는 곳으로 머리를 기대 누우며 휴대폰을 바꿔들었다.

"여행?"

"응 너 가고 싶은 곳으로 가자, 해원이랑 셋이서."

주희는 장난스레 웃었다.

"봐서."

수화기 너머로 재영의 너털웃음이 전해졌다. 주희는 얼굴에 붙인 휴대폰을 떼어내 시간을 확인했다. 세브란스 신경과 예약시간이 30분 남짓 남아있었다.

"이따 전화할게."

주희는 택시에서 내려 목에 두른 목도리를 조금 들어 올리며 세브란스 본관으로 향했다. 근심과 걱정, 조급함과 평온함의 표정을 짓는 사람들로 넓은 공간은 가득 채워져 있었다. 병원 내부의 자리한 식당가와 편의점을 지나친 주희는 조용한 얼굴로 엘리베이터 앞에 멈춰 섰다.

"아 글쎄. 재영 군은 안 돼. 내가 싫어."

주희의 옆에서 캔 콜라가 담긴 봉지를 든 채 전화를 하고 있던 남자는 조금 소리 죽여 말을 이었다.

"또 말 함부로 한다. 암환자는 연애하지 말라는 법 있어?

죽을 날까지 해볼 건 해 봐야지."

주희는 고개를 돌려 중년의 남자를 바라봤다. 재영을 마주쳤던 세브란스에서도 재활병원에서도 재영은 봉사활동을 하던 중이었다는 말을 얼핏 들은 적이 있었다. 주희는 이상하다는 얼굴로 휴대폰을 붙잡고 있는 중년의 남자에게 물었다.

"죄송한데, 재영이를 아세요?"

남자는 눈썹 사이를 구기며 황당하다는 얼굴을 했다. 아랑곳하지 않는 다는 듯 주희는 남자에게 다가가 급한 얼굴로 말을 이었다.

"키가 되게 크구요 반듯하게 생겼는데. 이름이 재영이라고… 윤재영."

주희는 남자를 바라보며 불안한 기색이 역력한 얼굴을 하면서도 황당한 얼굴을 점점 비스듬히 기울이는 남자를 똑바로 바라봤다. 남자는 무심한 얼굴로 말했다.

"봉사도 여러군데 다니고?"

주희는 하마터면 주저앉을 뻔 했다. 그러나 휘청거리는 다리를 붙잡곤 빳빳이 힘을 주며 떨리는 목소리를 가다듬을 새도 없이, 가는 목소리로 중얼거렸다.

"그 재영이 아니에요."

주희는 자신의 방문을 닫곤 쓰러지듯 바닥에 주저앉았다. 주희는 혼란스런 얼굴을 하며 목을 감싸고 있는 답답한 목도리를 풀어 헤쳤다. 같은 이름을 가진 남자는 많다. 재영이 그 재영이 아닐 수도 있다. 하물며 봉사활동을 하는 사람도 많아. 주희는 다리를 끌어안았다. 지금 자신에게 찾아온 절대적인 불안감을 외면하려 고개를 숙였다. 주희는 그 동안 의식하지 못해 흘려

버렸을 재영의 말들을 떠올렸다.

'있을 이유가 없어져서. 그런데 널 만나려면 휴대폰 하나쯤은 있어야겠다 싶었어.'

주희는 고개를 들었다.

'혹시 모르잖아. 신이 날 구원해줄지도.'

주희는 커진 눈으로 이마를 짚었다. 그 행동은 틀림없는 사실을 알아차렸을 때마다 하는 주희의 버릇이었다.

주희는 어두운 얼굴로 높은 주택가 골목으로 들어섰다. 주황색의 큰 대문 앞에서 잠시 망설이던 주희는 떨리는 손에 힘을 주어 벨을 눌렀다. 얼마 뒤, 인터폰에서 해원의 낮은 목소리가 들렸다.

"열쇠 없냐? 왜 벨을 누르고 그래."

"나, 주희야. 물어볼게 있어서."

해원은 조금 놀란 듯 웃으며 문을 열었다. 주희는 굳은 손으로 천천히 문을 열어 표정 없는 얼굴로 들어섰다. 원형의 나무 탁자 위 투명한 유리잔을 내려놓던 해원은 자리에 앉아 내내 아무런 말이 없는 주희를 바라보며 물었다.

"무슨 일 있어?"

표정 없던 주희는 고개를 돌려 푸르게 깔아놓은 잔디밭에 시선을 두곤 말했다.

"재영이 말이야. 환자니?"

편안한 얼굴을 하던 해원은 흠칫 표정을 굳혔다. 주희는 천천히 고개를 돌려 굳은 얼굴을 하는 해원을 바라봤다.

“병원에 가지 않을 만큼 괜찮은 거야? 아님….”

혼란스런 얼굴로 말을 멈춘 주희의 얼굴에서는 뜨거운 눈물이 긴 궤적을 그리며 떨어지고 있었다.

“갈 필요가 없는 거야?”

눈물을 흘리며 해원의 그늘진 얼굴을 마주보던 주희는 무거운 표정으로 고개를 천천히 떨구는 해원을 바라보곤 두 손으로 얼굴을 감싸며 울음을 터트렸다.

14. 2014년 2월
(나는 너를 만나서 좋았다)

재영의 눈가를 타고 빠르게 흐르는 눈물. 주희는, 재영의 얼굴을 뒤덮은 눈물들을 두 손으로 닦아냈다. 재영은 망부석이 된 채로 가만히 주희를 마주봤다. 주희는 작게 울음을 터트리며, 굳어 있는 재영을 따스히 감싸 안았다. 주희는 재영의 귀에 대곤 울음이 뒤섞인 작은 목소리로 말했다. "나는 널 떠나고 싶지 않아."

얼굴에 철심 수 십 개가 박혀 있는.
입 안에 고철은 또 몇 십 개가 들어있게. 하물며,
두 다리와 얼굴 온몸에 남아있는
수술 자국들을 간직한 채로.나는 너에게 어떻게.

너를 좋아해, 나를 좋아해줘.
당당할 수 있었던 것일까.

죽음을 앞 둔 네가 아니라.
윤재영,나의 눈에는 그저 '윤재영' 이었다.

너에게도 그랬을까.
너도 날 그저
똑바로 봤었던 것일까.

나는 네가 나를 똑바로 볼 줄.

알고 있었던 것일까.

2011~2014 주희 노트 중에서

AM 04:45.

찬 손으로 입김을 불어 넣고 있는 자줏빛 모자를 눌러쓴 주희의 얼굴에 휴대폰 액정 화면의 불빛이 비쳤다. 주희는 묘한 미소를 짓곤 주머니 속에 든 수첩을 꺼내 펼쳤다.

1.재영이랑 응급실에 실려 갈 때까지 먹기.
2.재영이랑 코믹 영화 100편 보기.
3.재영이랑 어머님이랑 셋이 여행가기.
4.재영이랑 레스토랑에서 계산 안하고 설거지 하기.
5.재영이 납치해서 혼인신고 하기.

주희는 느린 시선으로 재영과 함께 이룰 목표들이 빼곡하게 적혀져있는 페이지를 넘겼다. 넘겨진 페이지에서는 노란색으로 줄그어진 항목들도 있었다. 주희는 다시 종이를 넘겼다.

1.재영이한테 사랑한다는 말하기.
2.재영이 등에 매달려서 하루 종일 붙어 있기.
3.재영이와 함께 사진 찍기.
4.섹스 앤 더 시티 버전으로 재영이 유혹하기.
5.유혹에 넘어오면

쓰다 말았는지 비어있는 칸을 보며 주희는 입술을 매만졌다. 잠시 머뭇거리다 싶더니 주희는 주머니 속으로 손을 집어넣어 립스틱을 꺼내 비어진 공간의 하트 모양을 그려 넣었다. 주희는 자리에서 일어나 수첩과 립스틱을 바지 주머니에 밀어 넣곤 자신을 기다리고 있을 재영이 있는 골목으로 조금 빠른 걸음을 내딛었다. 어두운 골목 안, 몇 개의 가로등 불빛들이 희미하게 비좁은 공간속을 비추고 있었다.

"오늘은 먼 동네에서 재영이와 도둑질하기."

주희는 중얼거렸다.

조금 먼 곳에 서 있는 재영의 실루엣을 알아본 주희는 걸음을 멈추며 작게 소리쳤다.

"헤이."

재영은 고개를 돌려 모자를 깊게 눌러 쓴 주희를 향해 다가왔다. 재영은 조금 상기된 얼굴로 주희를 빤히 쳐다봤다.

"모자 쓴 건 처음 봐."

주희는 자신의 손에 들려 있던 검은색 모자를 재영의 머리에 씌워주고는 살짝 까치발을 들어 재영의 목에 양손을 휘감는다. 주희는 고개를 기울여 조용하게 말했다.

"듣기 좋은 말 좀 하지?"

재영은 조금 긴장한 얼굴로 주희를 은근하게 바라본다. 그 모습을 가까이서 지켜보던 주희는 낮게 웃었다. 웃으며 자신을 올려다보는 주희의 입술에 재영의 입술이 닿는다. 주희는 조금 커진 눈을 하며 느리게 입술을 떼어낸 재영을 바라봤다. 재영은 상기된 얼굴로 주희의 찬 손을 잡고는 말했다.

"가자."

"오늘 우리 멀리 갈 거야."

재영은 조금 진지하게 답했다.

"…지금 상태로는 북한도 가."

재영은 자신을 힐끔 쳐다보며 소리 내어 웃는 주희의 손을 붙잡곤 조금 빠르게 골목 안을 벗어났다.

"이제 네 차례야."

"주희야. 아무리 봐도. 이건 좀 아닌 것 같은데…."

"내가 망보고 있잖아 걱정 마."

주택가로 들어서는 골목에서 자세를 낮추고 있던 주희는 자신의 손에 들린 흰 우유를 마시며 재영에게 내밀었다. 인터넷 기사에서 찾아 본 바로는 재영이에게는 연어와 우유를 섭취하는 것이 좋다는 정보가 한 기사에 쓰여 있었다. 재영은 어색한 듯 웃으며 고개를 젓는다. 주희는 단호한 얼굴로 말했다.

"같은 배를 타려면 너도 마셔."

재영은 주희의 매서운 눈빛에 못 이긴다는 듯 주희가 건낸 흰 우유를 받아 꿀꺽 꿀꺽 마신다. 그 모습을 지켜보던 주희는 조금 낮은 눈으로 흰 우유를 들이키는 재영을 바라봤다. 주희는 다시금 밝은 얼굴을 하며 조용하게 말했다.

"준비 됐어?"

빈 우유 곽을 내려놓는 재영에게 주희는 물었다. 재영은 어딘가 심히 각오한 얼굴로 고개를 조금 끄덕인다. 주희는 초록색 대문 앞에 걸린 우유가 담긴 가방을 바라보며 입가를 길게 늘렸다.

불과 10분 뒤.

"저 도둑놈들 잡아라!"

재영과 주희는 사색이 된 채 좁은 골목길을 뛰어 도망가는 중이었다.

"책임진다며 이주희!"

"내가 언제?"

재영은 거친 숨을 몰아쉬는 주희를 바라보며 뜀박질을 멈췄다.

재영은 가끔씩 버릇처럼 그래왔듯 허리 숙여 앉았다.

"주희야."

주희는 거친 숨을 몰아쉬며 자리에 멈춰 서곤 재영의 넓은 등짝에 안겼다. 주희는 숨결이 뒤섞인 목소리로 말했다.

"도둑들은 체력이 좋겠다."

재영은 희한하다는 웃음을 터트리며 고개를 돌려 등에 업힌 주희를 슬쩍 바라보곤. 빠르게 골목을 빠져나갔다.

재영은 천천히 주희의 뒤를 따라 걸어가고 있었다. 새벽시간인지라 거리를 활보하는 이들은 재영과 주희뿐이었다. 재영은 주희의 긴 그림자를 바라봤다. 당신에게 진실을 말해야 할까. 난 그럴 수 있을까. 이제와 시한부 판정을 받은 암환자라는 것을 말할 수 있을까. 느리게 걸음을 내딛고 있던 주희는 앞을 본 채 말했다.

"새벽에 돌아다니는 것도 나쁘진 않다. 네가 뒤에 있어서 그런가."

재영은 주희의 평온한 뒷모습을 바라봤다. 그녀는 진심으로 큰 이유 없이도. 자신을 의지하고 믿고 있었다. 주희는 무언가의 노래를 흥얼거리며 아무도 없는 새벽 풍경 속에서 유유히 걸어갔다. 재영은 음울한 눈을 하곤 고개를 숙였다. 나는 당신에게 어울리지 않는 인간이다. 어울릴 수도 하물며 지켜줄 수도 없지. 나는 이제와 당신이 나로 하여금 상처받지 않길 바라는 인간밖에 안 돼. 나의 사랑으로. 나의 불안으로. 재영은 걸음을 멈춰 고개를 들어 주희의 뒷모습을 바라봤다. 재영은 낮게 읊조렸다.

"나 너 안 좋아해."

기분 좋은 노래를 흥얼거리던 주희는 고개를 돌려 가로등 불빛이 비추고 있는 재영을 바라봤다. 재영은 굳은 채로 입을 열었다.

"나는 널 더 이상 만나고 싶지 않아."

주희는 가만히 재영을 바라보다, 조용한 얼굴을 하며 재영에게 다가왔다. 재영은 멈추지 않고 말했다.

"네가… 이제 나를 떠나줬으면 좋겠어."

재영은 이를 악물었다. 자신의 비겁함에 숨이 막혀오는 것만 같았다. 어느 사이 주희는 재영의 앞에 섰다. 가라앉은 얼굴로. 주희는 재영에게 물었다.

"왜?"

재영은 음울한 눈으로 주희를 내려다봤다. 당신은 행복하게 살아야 할 권리가 있으니까. 재영은 흔들리는 눈과는 다른 말을 뱉어냈다.

"나는 네가 시시해. 이젠… 정말."

재영은 입 안에서 맴도는 핏기를 꿀꺽 삼켰다. 자신의 비루함에 치를 떨었다. 그런데 내내 아무 말도 없이 재영을 바라보던 주희의 얼굴에 투명한 눈물들이 줄을 이어 떨어져 내렸다. 주희는 힘겹게 말했다.

"나는…."

주희는 참았던 눈물을 터트리며 주먹을 쥔 채로 재영의 가슴을 두들겼다.

"나는 널, 떠나고 싶지 않아."

재영의 눈가를 타고 빠르게 흐르는 눈물. 주희는 재영의 얼굴을 뒤덮은 눈물들을 두 손으로 닦아냈다. 재영은 망부석이 된 채로 가만히 주희를 마주봤다. 주희는 작게 울음을 터트리며 굳어 있는 재영을 따스히 감싸 안았다. 주희는 재영의 귀에 대곤 울음이 뒤섞인 작은 목소리로 말했다.

"나는 널 떠나고 싶지 않아."

어느 Whisky Bar.

재영은 매력적인 차림으로 문을 열어 조용한 클래식 음악이 흘러나오는 Bar 내부의 들어섰다. 벽돌과 나무로 치장한 인테리어가 제법 그럴싸한 분위를 내고 있었다.

홀에 앉은 재영은 투 버튼 자켓의 단추를 풀며 조금 긴장한 얼굴로 이마의 맺힌 땀을 닦았다. 재영은 바싹 마르는 입술을 매만지곤 바텐더에게 손짓하며 말했다.

"싱글 몰트."

재영은 손목을 들어 올려 시간을 확인했다. 시계의 긴 바늘은 주희와 약속한 시간 보다 5분 뒤에 있었다. 재영은 긴장한 얼굴을 두 손으로 매만졌다. 그녀에게 한 달만의 걸려온 전화는 멈출 줄 모르고 방황하고 있던 재영을 20분 만에 이곳으로 불러냈다. 재영은 낮은 숨을 내쉬며 고개를 숙였다. 그때 바닥의 하이힐이 닿는 소리가 들려옴에 재영은 고개를 들어 올리며 뒤를 돌았다. 검정 스타킹과 검은색 원피스를 입은 주희는 우아한 몸짓으로 재영의 곁에 다가와 앉는다. 주희는 길게 늘어트린 갈색의 머리칼을 쓸어 넘기며 고개를 돌려 재영을 바라봤다.

"더 멋있어졌네."

재영은 주희의 여유로운 얼굴을 바라보며 조금 웃어보였다. 주희는 손바닥의 턱을 괴며 은근하게 재영을 바라봤다. 재영은 웃음기를 지우며 앞에 놓인 위스키를 벌컥 벌컥 들이키곤 얼음만이 남아있는 빈 잔을 내려놨다. 주희는 고개를 낮춰 웃고는 재영을 바라보며 말했다.

"그 동안 반성 좀 했어?"

주희의 표정 없는 얼굴을 바라보던 재영은 희미하게 웃었다. 그녀의 얼굴을 이렇게나마 볼 수 있는 것만으로도 재영은 진심으로 감사했다. 아무런 대답이 없는 재영의 얼굴을 가만히 들여다보던 주희는 망설임 없이 자리에서 일어나려다 그녀의 팔을 붙잡은 재영에 의해 걸음을 멈췄다. 재영은 깊은 시선으로 주희를 올려다보며 말했다.

"미안해."

천천히 고개를 낮추는 재영을 보며 주희는 재영의 대답이 마음에 들었다는 마냥 소리 없이 고개를 두어 번 끄덕 거리고는 언제 그랬냐는 듯 자신의 팔을 붙잡은 재영의 손을 천천히 떼어내곤. 주희는 느릿한 걸음으로 앞으로 걸어갔다. 그러자 재영은 무언가의 이끌려 스르르 일어나 문을 열고 나가는 주희의 뒤를 따랐다.

어느 도시 중심가 호텔.

긴 복도를 조용히 걸어가던 주희는 1011호에 걸음을 멈춰 마지못해 뒤따라오던 재영을 바라봤다. 당황스런 얼굴을 감추지 못한 채 멈춰선 재영을 바라보며, 주희는 고개를 비스듬히 기울였다.

"제대로 따라오던지, 가던지."

시선을 돌려 문을 열고 호텔방의 들어선 주희는 벽에 붙어진 키 박스 옆에 기댄 채 눈을 지그시 감으며 두 손으로 이마를 짚었다. '섹스 앤 더 시티 버전으로 유혹하기' 이 항목은 절대적으로 재영의 반응이 중요하기도 한 목표였다. 그리고 문이 열리는 작은 소리에 주희는 감은 눈을 스르르 뜨며 재영의 조금 상기된 얼굴을 바라봤다. 기다렸다는 듯 주희는 재영의 목을 양 팔로 휘감으며 작게 속삭였다.

"나 너랑 하고 싶어."

재영은 긴장한 기색이 역력해 보이는 얼굴로 말을 흐렸다.

"난… 괜찮은데… 네가…."

주희는 사르르 눈을 감곤 빠르게 다가와 재영의 입술에 입을 맞추었다. 생각보다 따뜻한 재영의 입술은 주희의 부드러운 키스에 반응을 하듯 유연하게 주희의 키스를 받아내며 아랫입술을 살짝 깨물곤 부드럽게 혀로 핥았다. 재영의 조금 거친 숨소리와 함께 주희는 깊게 숨을 내쉬며 재영이 움직이는 걸음을 맞춰 발걸음을 내딛었다. 재영과 주희는 살짝 고개가 엇갈린 채로 점점 짙어지는 키스를 나누며 서로의 거친 숨결을 온몸으로 받아들이고 있었다. 원베드 침대 앞에서 주희는 한 손으로 머리칼을 움켜쥔 채 뒤를 돌았다. 주희의 뒤에 선 재영의 손길로 입고 있던 원피스는 바닥에 툭 떨어졌다. 주희는 유연한 동작으로 스타킹을 벗고는 다시 뒤를 돌아 재영을 바라봤다. 재영은 잔뜩 떨리는 얼굴로 자신의 드레스 셔츠 단추를 차례로 풀어 벗었다. 주희는 자신의 머리칼을 움켜쥔 손에 힘을 풀며 말했다.

"다리 쪽은 보지 마."

그러더니 양손을 뒤로 하며 브래지어를 풀어 바닥에 툭 떨어트렸다. 주희는 떨리는 손으로 자신의 팬티를 집으며 바닥으로 툭 내려놨다. 재영은 긴장한 얼굴을 감추지 못한 채 서있는 주희를. 조금 사랑스러운 시선으로 바라보며 말했다.

"다리가 제일 아름다워."

재영은 천천히 다가와 긴장해 굳은 주희의 얼굴을 지나쳐 이마의 살짝 입을 맞추며 슬며시 떼어냈다. 자신을 다정하게 바라보고 있는 재영을 마주보곤 주희는 스르르 두 눈을 감았다. 재영은 조금 머뭇거리다 주희의 입술에 입을 맞췄다. 점점 깊어져만 가는 키스를 나누며 재영은 주희를 침대 위에 조심스레 눕혔다. 주희는 깊은 숨을 내쉬었다. 재영은 거칠어진 숨결을 반복해서 내뱉으며 주희의 다리를 조금 벌려 주희의 안으로 들어왔다. 주희는 잔뜩 인상을 쓴 채 작은 신음을 뱉었다. 점점 가빠지는 호흡들과 낮은 신음 소리가 뒤섞인 채로 그 둘은 조금 긴 시간의 흐름 속에서 빠르게 움직였다. 그러곤 주희는 인상을 찌푸린 채 재영의 넓은 등을 짚으며 단단한 가슴에 이마를 대었다. 재영은 천천히 주희의 좁혀진 미간 사이의 입을 맞추고는 조심스레 주희를 일으켜 앉히며 새하얀 이불을 주희의 몸에 감싸 준다. 재영은 조금 자책하는 얼굴을 하고 이불로 온몸을 감싼 주희를 품에 안으며 말했다.

"이렇게… 눈부신 널 사랑할 수 있어서 행복해. 사랑해."

15. 마법처럼

마주보는 재영의 얼굴에 희미한 미소가 그려졌다. 그는 마치 '나도' 하는 것처럼.
오랫동안 조용한 미소를 짓고 있었다.
주희는, 재영의 슬픈 얼굴에 비친 소년을 보았다. 유독 미안하다는 말을 버릇처럼 내뱉던 하지만 사랑한다는 말은 쉽사리 꺼내지 못하던 그 마음씨 착한 소년을.

세상에 너같은 남자가 있을까 생각해봤어

너는 어째서 내 비좁은 방문 틈새 사이로
들어올 수 있었던 것일까. 생각해봤어
너를 볼때면 있잖아. 그냥 웃음이 나왔어
그래서 세상이 두렵고, 우습고, 무섭지 않았어
그런 네가 부러웠어. 가치란 그런 거 잖아.
내가 널 보고 그렇다면,
또 다른 여자가 나와 다른 여자가
어쩌면 나보다 밝고 예쁜 여자가.
너의 그 가치를 알아차릴 수 있겠지.
그래도. 그렇다 해도.
나는 네가, 날 좋아했으면 했어
너에게 내가, 그런 존재이길 했어.

2011~2014 주희 노트 중에서

해원과 통화를 하고 있는 재영을 두고 봄날의 싱그러운 바람을 마시며 주희는 마트 안으로 먼저 들어갔다. 눈에 가장 먼저 들어 온 것은 와인 코너였다. 흐뭇한 얼굴로 구경을 나선 주희를 뒤따라 들어온 재영은 어쩐지 환한 얼굴로 말했다.

"어쩌지. 해원이는 고소공포증이 심해서 비행기를 못 탄다네."

주희는 재영의 얼굴을 힐끔 쳐다보곤 와인을 집어들으며 말했다.

"음. 그럼 배타고 가자. 일출도 볼 수 있으니까."

재영은 정말로 안타깝다는 표정을 지었다.

"해원이 하면 또 배 멀미지. 그 자식은 배만 탔다하면 오바이트 하고 막 그러거든."

주희는 비스듬히 웃으며 재영을 바라봤다.

"그럼 우리 둘만 가야겠네?"

재영은 낮은 숨을 내쉬었다.

"어쩔 수 없지… 하늘이 돕는 데."

주희는 소리 내어 웃었다. 재영은 웃고 있는 주희의 볼에 빠르게 입맞춤했다. 주희는 이젠 시도 때도 없이 스킨십을 한다며. 웃으며 도망가는 재영의 뒤를 쫓아가기 바빴다.

주희는 현관문을 열었다. 신발을 대충 벗어 텅 비어있는 거실을 쓱 한 번 보고는 자신의 방으로 들어갔다. 재영이 예약했다는 제주도 크루즈 여행을 떠날 생각을 하니 자꾸만 비실비실 웃음이 새어나왔다. 자신의 짐들을 가방 안에 집어넣던 주희는 천천히 손길을 멈췄다. 재영이와 첫 여행. 주희는 가라앉은 얼굴을 가다듬고 조금 빠르게 옷가지들을 챙겼다. 재영이의 남은 생을 알려고 하지도 물어보지도 않았다. 주희는 자리에서 일어나 방문을 열어 부엌으로 향했다. 냉동실을 열어 미리 얼려둔 연어를 꺼내 양팔에 한 가득 들고선 자신의 방으로 발걸음을 옮겼다. 어느새 꽉 채워진 가방 안을 들여다보곤 흐뭇한 듯 고개를 끄덕였다. 한 동안 고개를 끄덕이던 주희는 고개를 돌려 창가 너머의 봄 하늘을 바라봤다. 재영이와 함께 이룰 목표들을 수첩 한 가득 빼곡히 적어놨지만. 오랜 세월을 생각하고 만들어낸 목표들은 아니었다. 주희의 눈가를 타고 느리게 흘러내리는 눈물. 주희는 손등으로 닦아냈다. 어느덧 봄이다. 주희는 봄의 하늘을 바라보며 조그맣게 미소 지었다.

재영은 비교적 가벼운 가방을 매고 잔디 길을 걸어갔다. 연못에 앉아 재영을 기다리고 있었던 해원은 고개를 돌려 조금 상기된 얼굴로 걸어가는 재영을 바라보곤 인상을 구겼다.

“나쁜 놈.”

재영은 걸음을 멈춰 이제야 해원의 존재를 알았다는 듯. 해원을 마주보곤 고개를 비스듬히 기울여 미소지었다.

“셋이 가기에는 배가 너무 작다.”

“크루즈라며!”

“페리야.”

“그게 그거지.”

재영은 아차 싶다는 듯 웃고는 이내 통명스런 표정을 짓는다.
“갔다 와서 한 번 더 가지 뭐.”
해원은 가벼운 웃음을 짓다 표정 없는 얼굴로 말했다.
“나쁜 놈.”

인천역.

주희를 기다리고 있던 재영은 배낭가방을 맨 채, 지하철역 입구의 계단을 천천히 올라서는 주희에게 다가가 조심스런 손길로 주희의 가방을 빼어 들며 말했다.
“내가 데리러 간다니까.”
주희는 조금 깊을 숨을 내쉬며 재영의 걱정 어린 얼굴을 올려다보곤 행복한 듯 고개를 비스듬히 기울여 웃고는 주머니 속의 든 수첩을 꺼내며 말했다.
“6시 인천항 도착. 6시 30분 배를 타고, 다음 날 16일 10시 30분 제주항 도착. 11시 호텔에 짐을 풀고 11시 30분 제주산 흑돼지 식사. 1시 돌하르방을 만지고….”
또박 또박. 자신들의 일정을 읽어 내려가던 주희는. 말을 멈추곤 재영을 바라보며 물었다.
“그런데 배 이름이 뭐였어?”
다정한 눈길로 주희를 내려다보던 재영이 말했다.
“그네호.”

*

인천항에 도착한 주희와 재영은 바다 바람의 짠 공기를 한 몸에 느꼈는지 비슷한 얼굴로 미소 지었다. 조금 짙은 검은색의 바닷물과 하늘을 뿌옇게 뒤덮은 안개. 그 아래를 날아다니는 갈매기들은 정말이지 근사했다. 주희는 고개를 들어 올려 웃음기 배인 얼굴을 하는 재영을 바라보며 말했다.

"분명 페리도 근사할거야. 끝이 보이지 않는 하늘을 뒤덮은 안개만큼."

주희의 적나라한 감탄사에 재영은 피식 웃으며 주희를 마주 봤다.

"작가님 애인인 것이 더 근사해."

주희는 낯 간지러운 말을 잘도 내뱉는 재영을 째려보며 빠르게 앞서 걸어 나갔다. 재영은 어리둥절한 얼굴로 뒷머리를 긁적이곤 주희를 따라 나섰다.

그네호에 탑승하기 위해 모인 수백 명의 사람들 주희와 재영은 소란스러운 대기실을 지나쳐 데스크에 다가갔다. 재영이 승선확인을 하는 동안 주희는 고개를 돌려 왁자지껄한 풍경들을 바라봤다. 가족과 함께 여행하는 듯 예쁘게 생긴 여자 아이도 있고, 허허허허 크게 웃으며 서로를 반기는 어른들도 있었다. 그 중 가장 눈에 띄는 것은 절반 이상 교복을 입은 학생들이었다. 어느새 끝마쳤는지 재영은 뒤를 돌아 서 있는 주희의 귀에 대곤 소곤거렸다.

"뭐 봐?"

주희는 화들짝 놀라며 뒤를 돌았다. 재영은 장난기 가득한 얼굴로 말을 이었다.

"저기 자리 있다."

주희는 무심코 고개를 돌려 재영의 시선이 닿는 곳을 바라봤다. 조금 먼 곳에 앉아있는 남학생 무리 옆. 비어 있는 딱 한자리. 재영은 주희를 지나쳐 빠르게 걸어갔다. 이에 질세라, 주희는 빠른 걸음으로 뒤따라 재영의 뒤를 쫓았다. 먼저 도착하고 여유롭게 다리를 꼬아 앉은 것은 재영이었지만 재영은 거친 숨을 몰아쉬며 자신을 노려보는 주희의 얼굴을 바라보곤 웃으며 자리에서 일어났다. 그때 재영이 일어난 빈자리에 스포츠머리를 한 남학생이 친구들을 보며 '호호호' 웃으며 잽싸게 앉는다. 주희는 성큼 성큼 다가가 스포츠머리 남학생 앞에 우뚝 섰다.

"여기 내 자리거덩?"

이제야 주희의 존재를 알아차렸는지. 친구들을 바라보며 비실비실 웃던 남학생은 고개를 돌려 퉁명스런 얼굴로 말한다.

"여기 빈자리였는데요."

재영은 뿔난 얼굴을 하고 있는 주희를 보곤 살짝 웃으며 주희의 팔을 잡았다. 주희는 스포츠머리 남학생을 보며 고개를 기울였다.

"레이디 퍼스트 몰라?"

주희의 노여움이 담긴 시선에 주변에서 남자 학생들의 야유가 쏟아졌다. 스포츠머리를 한 남학생은 순진한 얼굴을 긁적이며 자리에서 일어났다. 재영은 창피한 듯 웃으며 양손으로 얼굴을 뒤덮었다.

“그네호 승객 여러분들에게 양해의 말씀 전해드립니다. 오후 6시 30분 항해 예정이었던 그네호가 짙은 안개와 거친 파도로 인하여 2시간 30분 뒤인 오후 9시에 항해할 것을 알려드립니다. 승객여러분들께 대단히 죄송합니다. 다시 한 번….”

대기실 안. 낮은 탄성소리와 질책의 소리가 들려왔다. 그러나 누구 하나 얼굴을 찌푸리는 여행객은 없었다. 주희는 긴 머리칼을 쓸어 넘기며 주머니 속에 든 수첩을 꺼내들었다. ‘페리를 타면’ 이라고 큼지막하게 적혀 있는 머리말과 순서들이 나열되어 있었다. 주희는 낮은 숨을 내쉬었다. 어느새 앉아 있던 사람들은 일어나 대기실 밖으로 향했다. 재영은 주희의 옆 빈자리에 가볍게 앉으며 말했다.

“지금 다시 생각해봐도 희한한 일이야.”

주희는 고개를 돌려 재영의 조용한 얼굴을 바라봤다. 재영은 웃으며 말했다.

“너를 만나고 이렇게 여행을 가고 상상조차 못했거든.”

재영의 미소는 전에는 알아차릴 수 없었던 슬픔이 묻어났다. 주희는 수첩을 접어 주머니 속에 밀어 넣곤 사람들이 떠나 조용해진 대기실 문 앞을 보며 말했다.

"나도 그래. 누군가를 완전하게 믿을 수 있으리라고는 몰랐어."

주희는 고개를 돌려 재영의 온화한 얼굴을 바라보곤 느린 손짓으로 재영의 손을 잡아, 화사한 미소를 지으며 말했다.

"고마워."

마주보는 재영의 얼굴에 희미한 미소가 그려졌다. 그는 마치 '나도.' 하는 것처럼. 오랫동안 조용한 미소를 짓고 있었다. 주희는 재영의 슬픈 얼굴에 비친 소년을 보았다. 유독 미안하다는 말을 버릇처럼 내뱉던. 하지만 사랑한다는 말은 쉽사리 꺼내지 못하던. 그 마음씨 착한 소년을.

인천항.

어두운 밤. 항구로 나와 몰려든 수 백 명의 사람들. 멀리서 보면 서로 다른 이야기로 무리를 지어 서 있는 것 같았지만. 가까이서 보는 그들의 설레는 얼굴은 무척이나 닮아 있었다. 줄을 이어 차례로 그네호에 올라서는 사람들. 주희는 자신의 옆에서 나란히 걷고 있는 재영을 흘깃 쳐다봤다. 재영의 담담했던 얼굴도 본의 아니게 신이 난 얼굴이었다. 주희는 낮게 웃었다. 주희와 재영은 계단을 밟아 그네호에 올랐다. 배에 오르자 배의 입구와 데스크에 있는 승무원들이 친절한 인사말을 건 내며, ‘로얄룸’ 티켓을 건네는 재영에게 로얄룸 객실 위치와 크루즈 안의 구조물들을 천천히 설명해준다. 재영은 고개를 몇 번 작게 끄덕거리더니 웃으며 주희의 손을 붙잡았다.

“우리는 5층 룸이야. 가자.”

데스크를 지나 ‘레스토랑’이라고 적혀있는 식당을 지나고 재영과 주희는 홀에 들어선 계단으로 먼저 올라서는 학생들 사이로 조금 빠르게 올라갔다. 주희는 까만 하늘이 비치는 창문을 쓱 보곤 4층 계단을 올라서 5층으로 올라가려는 계단을 밟던 중 자신의 손을 붙잡고 계단을 올라서던 재영이 갑작스레 멈춤으로 인해 주희는 의문의 얼굴로 고개를 들어 재영을 바라봤다. 어쩐지 재영은 흐뭇하게 웃고 있었다. 주희는 의문의 얼굴로 재영의 시선이 향하는 곳으로 눈길을 돌렸다. 애틋한 자신들과 비슷한 얼굴로 서로를 바라보며 웃는 연인들이 있었다. 여자는 귀여운 얼굴로 남자에게 말한다.

“거짓말. 나 때문에 이 배에 온 거잖아.”

남자는 흐릿하게 웃곤 귀여운 얼굴을 하며 미소 짓는 여자의 머리를 쓰다듬었다. 주희는 팔짱을 꼈다.

“부럽나보군.”

재영은 시선을 떼지 않은 채 물었다.

“뭐가?”

주희는 말없이 재영을 지나쳐 5층 계단을 올라섰다. 어리둥절한 얼굴로 주희를 뒤따르던 재영은 앞서 걷고 있던 주희의 팔목을 잡았다. 5층에 올라선 주희는 천천히 고개를 돌려 비스듬히 고개를 기울였다.

"이상형이 귀여운 여자인가 봐."

재영은 어리둥절하던 얼굴을 풀며 소리 내어 웃는다. 주희는 혀를 차며 고개를 돌렸다. 재영은 복도를 걷던 주희의 뒤로 재빠르게 다가와 웃으며 안았다.

"오해하지 마. 난… 그냥 우리가 생각나서.사랑하는 사이라는 게 눈에 보이잖아. 우리도 남들 눈에 그럴까 싶어서."

주희는 뭔가의 화가 가라앉는 것 같음에 자신의 등 뒤에 있는 재영을 바라보려 고개를 살짝 돌렸다. 재영의 얼굴이 금방이라도 닿을 것만 같았다. 주희는 나지막이 말했다.

"그런 눈으로 다른 사람 보지 말란 말이야. 조심하라구."

재영은 쿡쿡 웃어대며 "네." 한다.

"저기요. 좀 지나갈게요."

재영의 뒤에서 불편한 심기의 여자 목소리가 들려왔다. 재영은 주희를 안고 있던 팔을 풀어 뒤를 돌았다. 예쁘게 생긴 젊은 여자는 살짝 주먹을 쥐어 입을 가리곤 헛기침을 뱉고 있었다. 여자의 기다란 손가락에 끼워진 반지. 부러운 듯 주희는 금세 미소를 짓곤 말한다.

"연인들이 이 배에 많구나."

예쁘게 생긴 젊은 여자는 주희의 부러운 기색이 맴도는 얼굴을 들여다보곤 자신의 손을 매만지며 웃었다.
"저는 교사에요. 수학여행 온 거구요."
'아.' 하며 웃는 주희를 보며 발그레한 표정을 짓는 여선생님이 작게 속삭였다.
"여행 갔다 오면 커플링 맞추자고 말해 봐요."
놀란 얼굴로 주희는 조금 가까이 다가가 물었다.
"내가요? 그걸 내 입으로 어떻게 말해요."
어느새 가까이 붙어 속닥이는 여자 둘을 바라보곤 재영은 장난스레 한 쪽 눈썹을 찡그리며 주희를 불렀다. 자신을 부르는 재영의 부름에 여선생님과의 대화를 끝마치고 주희는 의미심장한 얼굴로 재영에게 다가왔다. 로얄룸에 멈춰 서 주희를 기다리고 있던 재영은 온화한 얼굴로 문을 열었다. 퍼플색 커튼과 원 베드의 큰 침대가 가장 먼저 눈에 띄었다. 주희는 기분 좋은 얼굴로 침대 맡으로 다가가 앉는다. 재영은 문을 닫곤 가방을 내려놓으며 침대 위에 앉아 있는 주희의 옆에 앉았다. 주희는 기분 좋은 얼굴로 재영의 어깨에 머리를 기대며 말했다.
"이 방이 제일 좋은 방 같은데."
주희의 서툰 표현에 재영은 낮게 웃고는 주희의 말투를 따라하며 말했다.
"듣기 좋은 말 좀 하지?"
주희는 흘깃 재영을 째려보다 재영에게 다가와 입을 맞췄다. 재영은 조금 커진 눈을 스르르 감아 주희의 어깨를 감싸 안았다.

어두운 밤하늘 까만 바다 위를 조용히 항해하는 거대한 그네호의 위로 달빛의 은근한 불빛마저 그네호의 행진을 축복했다.

GEU NE

16. 이 세상은 사랑으로

불처럼 빨갛고, 봄처럼 노란. 형형색색들의 불꽃놀이가 시작되었다. 꽤 많은 사람들이 갑판 위에 올라, 고개를 치켜들고 밤하늘을 환하게 비추는 불꽃들의 축제를 감상했다. 달과 지구 사이의 거리만큼이나 멀게만 느껴지는 곳. 희미하게 자리 잡고 있는 섬 사이로 흐릿한 불빛들이 빛나고 있었다.

나는 믿지 않아.

이 세상에 모든 것은 사랑으로 변하는 것을.

그런데.

믿고 싶기도 해.

언젠가. 사랑으로 이 세상을 볼 수 있기를.

그런 내가 되기를.

2011~2014 주희 노트 중에서

3층 식당.

소란스러움이 한 가득 식당 안을 매웠다. 그러나 누구하나 나무라는 이는 없었다. 밥을 먹으려면 데스크에서 식권을 따로 구입해야 한다는 말을 여자 승무원에게 전해들은 재영은 아차하며 자신의 주머니 속에서 미리 구입한 식권 네 장을 꺼내보였다. 여기 식당이 8시 30분부터 호프집으로 바뀐다지. 주희는 흐뭇하게 웃었다.

"그네호에 탑승해주신 승객 여러분들께 대단히 감사합니다. 곧이어 11시에 불꽃놀이 행사가 있을 것을 알려드립니다. 그네호의 탑승한 모든 승객들이 다함께 갑판 위로 나와 즐겨주셨으면 좋겠습니다. 편안한 여행길 되시길 바랍니다. 감사합니다."

식당 안 기대 부푼 탄성소리가 이곳저곳에서 한꺼번에 들려왔다. 재영은 밝은 얼굴로 웃고 있는 주희를 바라보며 말했다.

"내가 가져올게."

주희는 알았다는 듯 고개를 끄덕이며 빈 테이블에 다가가 앉았다. 지금에서야 와서 생각해보니. 남친 하나는 잘 만났다는 생각이 들었다. 우습지만 사실이었다. 주희는 허리를 꼿꼿하게 세워 테이블 위에 올려놓은 팔에 턱을 괴었다. 그 누구와 비교해 봐도 재영은 따뜻하고, 다정하고, 거기다 매너도 좋았다. 무엇보다 넘 멋있잖아. 주희는 빨개진 볼을 감쌌다. 그러

나. 이내 웃음기 배인 얼굴로 고개를 낮췄다. 재영이한테 나는 어떤 존재일까.

"식사 왔습니다."

어느새 식판 두 개를 테이블 위에 가지런히 올려놓으며 재영은 주희의 옆에 앉았다. 주희는 고마운 얼굴로 마주보는 자리가 아닌 자신의 옆 자리에 앉는 재영을 바라보며 물었다.

"왜 옆으로 와?"

재영은 당연하다는 표정으로 말했다.

"붙어 있고 싶으니까."

재영은 말을 뱉곤 아무런 창피함도 일어나지 않은 듯. 그 것이 당연한 듯. 긴 손으로 젓가락을 들어 식사를 시작한다. 주희는 무슨 일인지 재영을 지긋하게 바라봤다. 너는 어째서 표현에 인색하지 않은 걸까. 나라면, 나였다면. 다가오는 죽음을 전전긍긍하며 포기했을 일을 너는 어떻게 줄곧 용감할 수 있었던 것일까. 주희는 조용한 얼굴로 재영을 바라보며 나지막이 말했다.

"넌 솔직해서 좋겠다."

주희의 말에 재영은 고개를 돌려 은근한 시선으로 주희를 바라보다 젓가락을 테이블 위에 내려놓곤 말했다.

"있잖아. 나 겁쟁이야."

주희는 고개를 기울였지만 왜 그런 말을 하는 것인지는 묻지 않았다. 재영은 웃음기 배인 얼굴로 말을 이었다.

“그런데 살아있는 동안, 이렇게 겁 많던 적은 아마 처음이었을 거야.”

재영의 얼굴은 옆에서 봐도 알아차릴 수 있을 만큼 이제는 알아볼 수 있을 만큼 슬펐다. 그러나 재영은 희미하게 웃으며 고개를 돌려 가라앉은 얼굴로 자신의 얼굴을 들여다보는 주희를 바라봤다.

“그래도 할 수 있을 때 다 표현하고 싶어. 내 마음을 계속 말하고 싶어. 그게… 가장 중요한 일이 됐거든.”

주희는 재영과 비슷한 얼굴로 희미하게 웃어보였다. 내가 왜 너를 사랑할 수밖에 없는지. 네가 나를 떠나갈까 두려워할 새도 없었는지. 너의 마음이 거짓이라고 의심조차 들지 않았는지. 주희는 뜨거운 얼굴을 들킬까 고개를 돌려 수저를 잡는다. 재영은 낮게 웃곤 주희에게 시선을 떼어 젓가락을 들었다. 주희는 이유 모르게 흘러내리는 눈물을 들키지 않으려 금방 금방 손등으로 닦아냈다. 이유를 모르는, 모르고 싶은 눈물들은 끊임 없이 주희의 얼굴을 적셨다. 사실 나는 네가 어느 날 갑자기 예고 없이 소리 없이 나를 떠나갈까 봐 얼마나 무서운지 주희는 가라앉은 얼굴로 수저를 내려놨다. 그러자 조금 큰 여학생들의 목소리가 들려옴에 주희는 고개를 돌려 흥정을 하는 여자애들을 바라봤다. 검은색 비닐 봉투 안. 무언가 알 법한 모양의 묵직한 것이 들어있었다.

“야… 장사 그만하고 싶어?”

"고작 육포 봉다리 내밀면서 건방지게. 마지막 캔인데, 거래 접을래?"

고운 얼굴로 장난스레 콧김을 내뿜던 여학생은 육포 봉지를 내려놓고 가방에서 다른 봉지를 꺼내 거만한 얼굴을 하는 친구에게 내민다. 앉아 있던 친구는 봉지 안을 살짝 열어보곤 고개를 끄덕이며 흐뭇한 얼굴로 묵직한 비닐 봉투를 건넨다. 저들의 거래가 꽤 성공적으로 성사된 것을 보며 주희는 만족스런 얼굴로 고개를 끄덕이다 육포 봉지를 친구에게 건네던 학생을 불러 세웠다.

"학생!"

거래의 주범이었을 묵직한 비닐 봉투를 든 학생은 조금 당황스런 얼굴로 주희에게 걸어왔다. 주희는 친절한 목소리로 물었다.

"몇 명이서 먹어요?"

"네? 30명인데 아니… 왜…요?"

수학여행인데 30명이 한 캔을 주희는 씁쓸한 듯 웃으며 능청스레 말했다.

"나랑도 거래해요. 무지, 쏠쏠할 거야."

여학생은 수줍은 듯 웃으며 비닐 봉투 안을 열어 주희에게 보여준다. '하이트'의 조그만 캔 맥주 하나가 보였다.

주희는 웃으며 속삭였다.

"난 거친 맥주가 좋던데. 마시면 카 하는 거. 알 사람은 다 아는 그거."

여학생은 '그거'의 뜻하는 바를 아는 듯 반짝 반짝 한 눈을 하며 순진한 얼굴로 고개를 끄덕이며 물었다.

"육포면 될까요?"

주희는 흐뭇한 얼굴로 고개를 끄덕이며 속삭였다.

"불꽃놀이 끝나고 3층 대기실에서 만나요."

"주희야 아직 고등학생인데…."

여자들의 비밀스런 거래를 말없이 지켜보던 재영은 비장한 얼굴로 고개를 몇 번이나 끄덕이는 여학생이 사라지자 조금 걱정스런 얼굴로 주희의 거래를 말렸다. 하지만 주희는 아랑곳하지 않은 듯 수저를 들어 맛있는 식사를 시작했다.

*우리의 마음을 들어요.

(Imagine _ John Di Martino's Romantic Jazz Trio.)

불처럼 빨갛고, 봄처럼 노란 형형색색들의 불꽃놀이가 시작되었다. 꽤 많은 사람들이 갑판 위에 올라 고개를 치켜들고 밤하늘을 환하게 비추는 불꽃들의 축제를 감상했다. 달과 지구 사이의 거리만큼이나 멀게만 느껴지는 곳. 희미하게 자리 잡고 있는 섬 사이로 흐릿한 불빛들이 빛나고 있었다. 밤하늘에 넓게 터지는 불꽃들은 태양의 빛을 빌려 은근하게 빛나는 달보다 더 환하게 퍼졌다. 누군가는 친구에게 영상 통화를 걸어 자랑하기 바빴고 누군가는 여행이 끝난 후 집으로 돌아가면 엄마에게 보여줄 사진을 찍는 중이었고 또 누군가는 지금 이 순간이 있어 진심으로 감사하다 무언의 찬양을 드릴 기세였다. 재영은 자신의 옆에서 밤하늘을 장식하는 형형색색의 불꽃들을 지켜보고 있는 주희를 바라봤다. 주희는 재영의 깊은 시선은 잠시 뒤로 한 채 감상에 젖어있는 중이었다. 재영은 고개를 들었다. 수많은 불씨들은 뭉게뭉게 아름다운 불씨로 한 가득 모였다가 흩어지고 모였다가 흩어지고를 반복했다. 재영은 환호 소리를 내지르는 주희를 바라봤다. 그녀와 한 곳을 바라보게 될 줄 그럴 수 있을 줄은 생각하지 못했다. 아니나 다를까 이렇게 많은 사람들이 한 곳을 바라보며 환호할 줄은. 자신도 그 곳에 서 있는 한 사람일 줄은. 재영은 희미하게 웃어보였다. 당신 때문에 나는 많은 것을 얻고 갈 수 있으리라. 나 가는 그곳이 지옥이라 해도 그곳을 지옥이라 부를 수 없을 테지. 재영은 주희의 가는 손목을 바라보다 슬며시 주희의 손을 잡았다. 한껏 감상에 젖어있었던 주희는 고개를 돌려 재영의 얼굴을 마주봤다. 영원할 거라는 약속도 지켜주겠다는 약속도 하지 못하는 나를, 왜 이런 나에게 마음을 열었던 것일까 생각했던 밤들이 있었다. 주희는 아무 말도 없는 재영을 바라보다, 재영의 곁으로 조금 다가와 재영의 단단한 가슴에 머리를 조금 기댄다. 재영은 스르르 웃었다. 사랑할 수밖에 없는 사이. 운명.

"자다가 봉창 두드리는 소리하고 있네."

"오빠한테 그게 할 소리니?"

얼마 멀지 않은 곳. 7살 쯤 보이는 여자 아이와 남자 아이가 있었다. 여자 아이는 코웃음 칠 기세로 말한다.

"나 너 안 좋아해."

7살 여자 아이는 도도하게 뒤를 돌아 유유히 걸어갔다. 7살 남자 아이는 망부석이 된 채 재영의 곁으로 다가와 주머니 속에서 막대사탕을 꺼내 껍질을 벗기곤 입에 넣는다. 위에서 보니 마치 담배라도 물고 있는 것 같았다. 7살 남자 아이는 오랫동안 터지는 불꽃들을 바라보며 중얼거렸다.

"사는 게 이런 건가요."

"여기 있었구나! 혼자 다니지 말래도!"

남자 아이의 엄마로 보이는 여자는 아이의 작은 손을 붙잡고 칭얼대는 아이를 어르고 달래며 가족이 있는 곁으로 돌아갔다. 그 모습을 말없이 바라보던 재영은 작게 중얼거렸다.

"산다는 건 좋은 거지."

밤하늘의 어둠만큼 차가운 바람이 주변을 끈임 없이 맴돌고 있는 그때 얼마 멀지 않은 곳. 남학생의 큰 목소리가 들려왔다.

"아 진짜라니까!"

허리 굽혀 무릎에 손을 얹고 있던 남학생은 답답하다는 듯 인상을 구기곤 고개를 조금 들어 올려 말을 이었다.

"이 배가 유독 심하다니까. 울렁울렁 거리잖아."

옆에 있던 몇 몇의 친구들 중 인천항 대기실에서 마주쳤던 스포츠머리를 한 남학생이 넉살좋은 얼굴로 말했다.

"야 이 배가 얼마나 큰데. 너 원래 배 근처에만 가도 울렁거리잖아 새끼야."

"아니라니까 진짜!"

스포츠머리의 남학생은 친구의 굽은 등을 손바닥으로 한 번 내리쳐주더니 오만상을 하는 친구가 재밌었는지 '호호호.' 친구들과 호탕한 웃음을 자아냈다. 고개가 젖혀질 정도로 웃어대며 멀지 않은 곳. 자신을 주시하고 있는 주희와 재영을 보곤 웃으며 걸어왔다. 주희는 고개를 갸우뚱했다. 썩 친하지 않은 친구의 친한 척과 같은 인사로 보였기 때문이다.

"형! 누나! 여기 있었군요!"

주희는 의문의 얼굴로 재영을 마주봤다. 재영은 사람 좋게 웃으며 '그래' 한다. 스포츠머리 남학생은 들뜬 얼굴을 하곤 약간 얼굴을 내밀며 주희에게 속삭였다.

"익히 들어서 알고 있어요."

"뭘?"

남학생은 어울리지 않게 주춤하더니 말했다.

"거래를 하신다죠? 지금 거래 가능 하나요?"

"뭐? 너 그거 어떻게 알아?"

주희는 조금 당황스런 얼굴을 하다, 고등학생들의 비밀론을 생각해보면 그 것이 가장 유혹스런 거래라는 것을 생각해보면 알 법도 했다. 주희는 한 손으로 이마를 짚곤 말했다.

"그 여학생한테 거래는 없었던 거로 하자고 전해줘. 더 이상 거래 따위 안한다고."

남학생은 진심으로 슬픈 얼굴이었다.

"왜요?"

"거래가 유출됐잖아. 그러다 선생님들도 알아봐. 나 개념 없는 어른 하고 싶지 않거든?"

주희의 단호한 표정에 남학생은 이젠 울듯 한 얼굴로 말했다.

"개념 없는 어른이 아니라 모범을 보여주는 거죠! 어른이란 모범을 보여주는 거잖아요!"

"술 먹는 데 모범이 어디 있니?"

남학생은 두 손을 모았다. 당장 기도라도 드릴 기세였다.

"저 가엾은 어린 양들을 한 번만 구원해주십쇼. 넹?"

주희는 스포츠머리 남학생 뒤로 쓸쓸하고도 희미하게 미소 짓는 남학생들을 바라보며 어색한 미소를 지었다. 옆에서 말없이 쿡쿡 웃어대고 있던 재영은. 어느새 불꽃놀이가 끝나가고 있을 무렵. 자신이 끼어들 틈이 생겼는지 주희의 어깨를 감싸 안으며 단호한 얼굴을 하곤 울고 있는 듯한 남학생을 바라보며 말했다.

"우리 애인 잠잘 시간이거든."

그리곤 주희의 어깨를 감싼 채 뒤를 돌아 걸어갔다. 뒤에선 아직 미련을 버리지 못한 남학생이 벙쪄 있는 얼굴을 하다 이내 울먹이며 소리쳤다.

"형! 형은 그러면 안 되잖아! 우린 같은 남자잖아!"

로얄룸 휴게실.

약간 앞서 걷던 재영은 뒤따라오던 주희를 힐끔 쳐다보곤 문을 열었다. 모던한 나무 테이블과 편안해 보이는 소파 위에 어른 두 명이 나란히 앉아있었다. 재영은 고개를 돌려 주희를 바라봤다. 주희는 가장 아늑해 보이는 소파를 어느 사이 찾았는지 재영을 바라보며 손짓하곤 자리에 앉는다. 재영은 피식 웃으며 자리에 앉았다.

"쌤. 아무리 그래도 아시아가 좀 딸려요. 축구도 봐요. 아시아는 없는 거지 뭐."

옆에 앉은 선생님 둘은 서로 다른 얼굴로 오징어 다리를 뜯고 있었다. 체육 선생님의 말을 가만히 듣고 있던 사회 탐구 선생님이 헛웃음 치며 말했다.

"갈릴레이 갈릴레오 이전에 발명은 다 동양에서 만들었어요. 소똥이 화학 재료로 쓰일지 누가 알았겠어? 돌에서 철이 나올지 누가 알았겠어. 똥이 비료로 쓰일 지 누가 알았겠냐구."

"거 참. 먹는 데 똥은 참."

"기똥차 하여튼."

맥주를 들이키던 체육 선생님은 야무지게 오징어 다리를 뜯고 있는 사회 탐구 선생님을 보곤 고개를 절래 하며 우악스런 표정을 지었다. 재영은 마주 보며 앉은 주희의 얇은 옷차림을 보더니 자리에서 일어나 자신의 겉옷을 벗어 주희에게 덮어준다. 주희는 다정한 재영을 사랑스럽다는 듯 바라보며 테이블 위에 슬며시 턱을 괴었다. 한참을 티격태격 하던 선생님 둘 중 사회 탐구 선생님이 웃고 있는 재영을 슬쩍 바라보곤 중얼거렸다. 중얼거렸다기엔 조금 큰소리로.

"하늘에서 보내준 귀인이네."

주희와 제주도 계획 얘기를 하고 있었던 재영은 천천히 고개를 돌려 사회 탐구 선생님을 바라봤다.

"예?"

"아… 내가 관상을 좀 보거든요."

조금 쑥스러운 듯 사회 탐구 선생님이 사람 좋은 얼굴을 하며 말을 하자 앞에 있던 체육 선생님은 화들짝 놀라며 맥주 캔을 테이블 위에 내려놨다.

"쌤? 저는 왜 몰랐죠?"

사회 탐구 선생님은 미소를 지우며 건성으로 답했다.

"안 물어 봤잖아."

체육 선생님은 몹시 황당한 얼굴이었다.

"제가 그걸 어떻게 알죠??"

사회 탐구 선생님은 어깨를 슬쩍 들어 올리곤 고개를 돌려 재영을 바라보며 미소 지었다.

"암튼. 운명이 참 남달라."

한편에서 배신감에 휩싸인 채 오징어 다리를 뜯던 체육 선생님은 중얼거렸다.

“믿을 놈 하나 없다더니….”
“뭐?”
주희는 작게 웃으며 무심코 휴게실 문 유리창 너머로 조심한 표정을 짓는 스포츠머리의 남학생을 봤다. 스포츠머리 남학생은 주저하는 얼굴로 자신의 옆에 몇 더 있는 친구들의 손짓을 제지하며 나오지도 않는 기침을 쿨럭 거리곤 수군수군 고개를 돌려 무언가를 속닥였다.
어느새 빨간 얼굴이 된 체육 선생님은 취기 배인 긴 숨을 내쉬며 문 유리창을 바라봤다. 선생님은 피식 웃더니 늘어진 손짓으로 문 밖에 있는 아이들을 불렀다.
비실비실 웃던 학생들은 조심스레 문을 열며 들어왔다. 스포츠머리 남학생과 예쁘게 생긴 긴 머리의 여학생. 그 뒤를 이어 따라 들어오는 수줍은 얼굴의 다섯 아이들. 사회 탐구 선생님은 아이들의 수줍은 얼굴을 쓱 보더니. 할 수 없다며 고개를 절래 하곤 자리에서 일어나 말했다.
“한 입씩만 먹어라.”
장담컨대 그 어느 때보다 반짝반짝한 얼굴을 하는 아이들 중 유독 심하게 기뻐하는 스포츠머리 남학생이 우렁찬 목소리로 답했다.
“여부가 있겠습니까!”
어느새 문을 닫고 나가는 사회 탐구 선생님의 부재를 기다리던 아이들은 재빠르게 의자 몇 개를 들어 홀로 앉아 있는 체육 선생님의 테이블에 자리를 잡았다. 재영과 주희는 저들의 끈질긴 희망에 집요함을 그 순수한 얼굴들을 바라보며 비슷하게 웃어 보였다. 까마득한 어둠 속, 이제는 검은 하늘과 닮아 있는 바다 위를 쉬지 않고 항해하는 거대한 배의 한 켠. 은은한 빛이 작은 창문으로 뿜어져 나오는 곳에서 조금 큰 웃음소리가 뒤섞여 흘러 나왔다. 재영은 조금 벌건 얼굴로 웃으며 말을 이었다.

"정말이라니까. 주희랑 나는, 운명공동체야."

스포츠머리 남학생은 야유를 퍼부으며 친구들과 같은 얼굴로 엄지손가락을 올린 채 바닥 쪽으로 내린 손을 흔들었다. 그러자 홀로 조용하게 웃던 여학생은 얼굴을 감싸고 있는 주희를 살짝 바라보곤 말했다.

"언니 그거 못 마시겠으면 조금 주면 안돼요?"

재영에게 야유를 퍼붓던 아이들은 조용한 얼굴의 친구를 보다 다시 주희를 사랑의 은총과도 비슷한 시선으로 간절하게 바라보며 두 손을 모았다. 주희는 얼굴을 감싼 채 말했다.

"너희 정말 한 모금 먹었어?"

"네!"

주희의 말이 끝나기가 무섭게 속상하다는 얼굴로 답하는 아이들. 주희는 고개를 돌려 입가를 길게 늘리는 재영을 마주보곤 장난스레 속삭였다.

"내가 묻는 말에 대답하는 사람만 줘야지."

"에이… 그게 뭐예요."

"맞아요. 줄 거면 그냥 주지 뭐예요."

주희는 고개를 돌려 퉁명스레 말했다.

"싫음 말구."

아이들은 자리에서 조금 몸을 일으켜 한 마음이 된 듯 야유를 퍼부었다.

"줬다 뺏는 게 어디 있어요! 우리 형도 안 그래요!"

주희는 흥분하는 얼굴들을 바라보며 소리 내어 웃고는 테이블에 턱을 괴며 고개를 돌려 아이들을 바라봤다. 주희는 무언가를 회상하는 듯 낮은 시선으로 나지막이 말했다.

"난 고등학생 때 뭐가 되고 싶다, 뭐를 하고 싶다 딱히 그런 게 없었어. 그런데 너희를 보니까… 되게 부러워. 재수 없겠지만."

"…약간요."

실토하듯 답하는 남학생의 머리 위에 진지한 얼굴로 꿀밤을 때리는 스포츠머리의 남학생. 그때 조용히 자신을 응시하고 있는 한 여학생을 바라보며 주희는 웃음기 남은 얼굴로 살짝 고개를 기울여 말을 이었다.

"너네는 꿈이 뭐야? 뭐가 하고 싶고 뭐가 되고 싶고 그런 거. 어른 되는 거 말구 진짜 꿈 말이야."

주희의 조금 진지한 물음에 아이들은 어색하게 웃으며 그러나 장난기 가득 했던 얼굴을 풀어 생각에 잠긴 듯 침묵을 이었다. 먼저 침묵을 깨는 아이는 내내 조용하게 주희의 말을 경청

하던 여학생이었다. 진지한 분위기에 휩쓸렸는지 동그란 눈을 하는 여학생이 나지막이 말했다.

"저는 선생님이 되고 싶어요."

주희는 비스듬히 웃었다.

"지금까지 만나온 선생님들이 좋으신 분들이었구나."

여학생은 고개를 슬쩍 끄덕이며 말을 이었다.

"선생님은 공부만 가르치는 게 아니라 인생의 올바른 길을 지도하는 거라고 배웠어요. 좀… 멋있는 것 같아요."

조용히 또박 또박 자신의 생각을 내뱉는 여학생을 응시하던 아이들은 잠시 동안의 정적을 지키다 너나 할 것 없이 '오~' 하고 긴 탄성을 뱉어냈다. 주희는 부러운 시선으로 그들을 바라보다, 자신을 흐뭇한 얼굴로 지켜보고 있던 재영의 손을 붙잡곤 조용히 자리에서 일어나 문을 열었다. 재영과 주희의 인척을 느낀 스포츠머리의 남학생은 조금 의아한 듯 문을 열어 나가는 재영과 주희를 바라봤다.

스포츠머리의 남학생은 재빨리 자리에서 일어나 재영과 주희가 앉아 있던 테이블에 다가가 빈 맥주 캔들을 하나 하나 들어 올렸다. 뒤를 이어 다가온 아이들도 빈 맥주 캔들을 들었다 놨다 반복했다. 스포츠머리의 남학생은 재영이 앉아 있던 자리에 털썩 주저앉으며 말했다.

"누구 사탕 없냐?"

17. 괜찮아?

재영과 주희는 왼쪽 벽에 붙어, 빠른 걸음으로 복도를 걸어갔다. 방송을 듣지 않은 사람들이 앞서 불안정하게 벽에 붙어 걷고 있었다. 재영은 가늘게 눈을 떠 다시 앞서 걷는 사람들을 바라봤다. 조타실에서 승객들에게 대피 명령을 내리고 있어야 할 선장과 선원들이 줄을 이어 밖으로 나갔다.

나는 열여덟, 열아홉, 스물까지.
조금 모자라서, 아파서, 나약해서,
혼자 감당해야만 하는 그 모든 것들이 버겁고 힘이 들어서.
누군가에게 떼를 쓰기도 하고, 모두 다 내 잘못이라고 치부해 버리기도 하고,나를 좀 봐달라고.

이런 내 마음에 곁에 있어달라고
응석부렸던 것이 떠오를 때마다.
나는 나에게 버릇처럼.
괜찮아. 창피해 할 것 없어.
오늘 알았으면 오늘 더 현명해진 거야.
괜찮아 한다.

오늘 날.
대한민국의 대통령과
대한민국 국민의 안전을 책임져야만 하는
막강한 권력의 정부는 지금
'괜찮아' 하세요?

2011~2014 주희 노트 중에서

4월 16일. 오전 5시 50분.

시끄러운 알람 소리가 주희의 귀를 간지럽게 울려댔다. 재영의 단단한 팔 위에 오랫동안 올려놓은 머리를 떼어 시냇물 소리, 종소리 온갖 소리를 섞어놓은 알람을 끄고 느린 몸을 일으켜 기지개를 폈다. 퍼플색의 커튼 사이로 어느 사이 붉게 떠오르는 해의 그림자가 보였다. 주희는 곤히 잠들어 있는 재영의 어깨를 흔들었다.

"재영아 일어나. 벌써 해가 뜨고 있다구."

작게 속삭이는 주희의 목소리에 재영은 부스스한 머리를 매만지며 눈을 비벼 일어났다. 자신과 마주 앉은 주희의 설레는 얼굴을 보곤 재영은 스르르 웃으며 주희를 안았다. 주희는 싫지 않은 듯 조그마한 미소를 그려 넣었다. 재영은 주희의 향기 좋은 품을 안은 채로 작게 속삭였다.

"굿모닝."

먼저 보낸 주희가 5층 갑판 계단을 올라서자 주희를 뒤따라 올라오던 재영은 화사한 미소를 지으며 바다를 마주 봤다. 바다의 끝처럼 보이는 그 곳에는 주황빛깔의 해가 지금 막 떠오르는 중이었다. 재영은 기분 좋은 얼굴로 희망찬 하루를 예감하기라도 하는 듯한 모습을 바라봤다. 존재하는 그 이유만으로 사는 것이 의미 있다 말하는 것만 같은 존재의 이유. 한 참이나 넋을 놓고 있던 주희는 고개를 기울여 웃고는 말했다.

"어느 날 말이야."

재영은 선선한 바람이 불어, 머리칼이 휘날리는 채 조용히 웃고 있는 주희를 바라봤다.

"너랑 헤어지고 말이야. 되게 이상한 경험을 했어."

주희는 우습다는 듯 작은 웃음을 터트리곤 말을 이었다.

"…네가 없던 날에도 늘 보던 영화를 감상하면서 팝콘을 먹는데 내가 혼자인 거야. 되게 예쁜 카페를 찾아서 전시되어 있는 그림을 보는데 또 내가 혼자인거야."

주희는 이상하다는 듯 웃음기를 지운 채 말했다.

"나는 늘 혼자이었는데 말이야. 그게 이상하게 슬픈 거야.

그 빈자리가 미치게 싫은 거야."

말끝을 흐리며 잠시 동안 고개를 숙이던 주희는. 물기 젖은 시선으로 재영의 어두운 얼굴을 바라봤다.

"그냥 눈물이 나는 거야."

재영은 주희의 슬픈 얼굴을 마주봤다. 나는 이럴 줄 알았다. 갑작스레 찾아온 행복이 반갑지만은 않은 이유를 알았다. 당신도 왜 알지 못하겠어. 먼 훗날의 이별이 아니라는 것을 그것을 처음부터 알고 만난 것을 주희는 재영에게 조금 다가와 천천히 재영의 손을 잡아 자신의 왼쪽 가슴에 올려놓는다. 주희는 움찔하는 재영을 따뜻한 눈으로 바라보며 말했다.

"…더 이상 밀어낼 생각하지 말고 여기 오랫동안 있어줘."

재영의 혼란스런 얼굴을 마주보며 주희는 고개를 기울여 말했다.

"그게 가장 중요한 일이라는 걸 알았거든."

재영은 진심 어린 시선으로 자신의 눈을 들여다보며 말하는 주희를 바라봤다.

오랜 시간 서로를 마주보며 흐릿한 미소를 짓던 두 사람은 어딘지 닮아 있는 얼굴로 환하게 웃었다. 그 때. 주희는 어딘지 미묘하게 얼굴을 일그러뜨리며 말했다.

"재영아… 이 배 이상하지 않아?"

재영은 주희의 얼굴에서 희한한 공포심을 읽고는 물었다.

"왜?"

"배가 조금 기운 것 같아. 분명 달라."

재영은 약간 움츠려든 주희의 어깨를 따뜻한 손길로 매만지곤 슬며시 눈을 감았다. 평소에도 날씨와 기온의 예민했던 주희의 말대로 정말 왼쪽으로 약간 기울어 있었다. 재영은 대수롭지 않다는 듯 조금 긴장한 주희의 어깨를 감싸며 말했다.

"괜찮아질 거야. 안으로 들어가자."

재영과 주희는 덤덤해 보이는 듯 항해하는 그네호의 5층. 자신들의 방으로 발걸음을 옮겼다.

오전 7시 20분.

배가 고프다며 투덜거리던 주희와 재영은 3층 식당 문을 열었다. 조금 많은 인파들로 북적거리고 있었다. 재영이 밥을 받으러 간 사이 주희는 빈 테이블에 다가가 자리를 잡아 앉았다. 확실히 갑판 위에 서 있을 때와는 다르게 안정적이었다. 사람들이 많고 그 공간이 제한적이라서 그런지 여느 때와 같은 그네호였다. 주희는 작은 노랫말을 흥얼거렸다. 특별한 순간임을 인식하고 있을 때마다 부르는 노래를.

"그 노래 부를 때마다 좋더라."

받아온 식판을 테이블에 올려놓고. 재영은 주희의 옆 자리에 앉으며 말했다. 주희는 재영에게 고맙다는 짧은 인사를 전한 뒤. 천천히 수저를 드는 재영을 뒤따라 식사를 시작했다. 그런데 그때 어디서 많이 들어본 목소리가, 어제만 해도 들었던 목소리가 주희의 뒤에서 들려왔다. 조금 깐죽거리는 말투였다.

"좋은 아침입니다."

주희는 낯익은 목소리에 뒤를 돌았다. 친구들과 모여 이제 막 식사를 시작하려는 중으로 보이는 스포츠머리 남학생이 의자를 끌어당겨 앉고는 곱지 않은 시선으로 주희와 재영을 노려보고 있었다. 주희는 어색하게 웃고는 고개를 돌려 쿡쿡거리며 웃고 있는 재영을 마주보며 말했다.

"우리… 빨리 먹자."

5층. 오전 8시 30분 로얄룸 객실.

“그네호의 승객 여러분께 안내 방송 드립니다. 오늘 16일 오전 10시 30분에 제주항에 도착할 예정이었던 그네호가 도착 예정 시간보다 1시간 35분 지연되어 오후 12시 5분 제주항에 도착할 예정입니다. 승객 여러분에게 대단히 죄송합니다.”

주희는 바뀐 도착 예정 시간에. 잠시 고개를 기우뚱하다 침대에서 일어나, 자신의 짐들을 미리 챙기려 가방을 들며 중얼거렸다.

“이 배는 툭하면 늦춰.”

분주하게 자신의 짐들을 가방 안에 챙겨 넣던 주희는 정리가 끝난 침대에 앉아 자신이 만들어 준 연어 샐러드를 먹고 있는 재영을 바라보며 물었다.

“그런데. 정말 그렇게 생각했어?”

주희의 알 수 없는 물음에 재영은 침대 맡 탁자 위에 샐러드를 내려놓곤 물었다.

“뭐를?”

주희는 화장품을 밀어 넣던 손길을 멈추곤 조용한 얼굴로 재영을 바라보며 말했다.

“운명 공동체 말이야.”

잠시 동안의 정적 끝에 재영은 고개를 숙이며 소리 내어 웃어댔다. 재영의 해괴한 웃음소리가 거슬렸는지 주희는 팔짱을 꼈다.

"그럴 땐 당연하다, 당연한 거 아니냐. 뭐 그런 말을…."

통명스런 얼굴로 말을 하던 주희는 팔짱을 풀어 순간적으로 바닥에 주저앉았다. 배가 왼쪽으로 급속도로 기울여져 오른 쪽 벽에 밀착되어 있던 작은 소품들이 왼쪽으로 떠밀려 내려왔다. 재영은 본능적으로 주희에게 다가가려 몸을 일으켰다. 그러나 평범하게 서 있는 것조차 쉽지 않은 각도임을 인지하며 재영은 몸을 최대한 낮추곤 바닥에 움크린 채 주저앉아 있는 주희에게 다가가 조금 상기된 얼굴로 물었다.

"다친 데 없어?"

주희는 급하게 고개를 끄덕이며 재영이 내민 양 손을 붙잡고 자리에서 일어났다.

주희는 재영의 단단한 팔을 붙잡아 기울어진 왼쪽 벽을 짚으며 떨리는 걸음을 옮겼다. 재영은 침착하게 떨고 있는 주희에게 기울어진 방향으로 몸을 기댈 것을 설명했다. 그러고는 재영은 휴대폰이 들어있는 자신의 외투를 찾았다. 그러나 그것마저 찾고 있을 시간이 없었는지 재영은 다급한 목소리로 벽에 붙어 떨고 있는 주희를 보며 물었다.

"주희야! 휴대폰 어디 있어?"

주희는 겁을 집어먹은 얼굴로 무거운 입을 간신히 떼어냈다. 재영은 주희의 대답을 듣고는 재빨리 쓰러진 의자 밑에 깔린 가방을 빼냈다. 긴 손을 집어넣어 가방 안을 뒤적이던 재영은 가방 안에서 휴대폰을 빼내 빠른 손길로 터치 몇 번을 하더니 휴대폰을 땀 젖은 얼굴에 바짝 붙였다.

“네 119이죠? 인천에서 제주도 가는 그네호 탑승자인데 배가 지금 많이 기울여져서… 네. 거동도 거의 불가능해요. …그래요? 아뇨, 그건 확인할 수 없고요.”

얼굴을 서서히 일그러뜨리는 재영은 팔자 좋은 119 대원의 응답에 넌덜머리가 날 것만 같았다. 자신이 신고하기 불과 몇 분전부터 그네호 승객들에게 걸려왔다는 신고 전화 이야기만을 늘어놓던 119 구급대원은 그네호의 현재 위치와 경도를 물었다. 재영은 인상을 찌푸렸다. 설마, 이 배에 가장 많은 탑승자로 알고 있는 아이들에게도 그 따위 질문을 했단 말인가. 재영은 별 성과를 가져다주지 못할 것 같음을 생각하고 통화를 끊었다. 벽에 붙어 거친 호흡을 가다듬으며 떨고 있는 주희. 재영은 급하게 방 이곳저곳을 둘러 봤다. 혹시라도 바다에 뛰어들어야만 하는 상황을 대비해서 마련되어 있을 구명조끼를 찾았다. 객실 문 옆. 벽에 붙어있는 구명조끼로 보이는 것이 얇은 유리 안에 있었다. 이제 좀 정신을 가다듬은 주희는 여전히 떨고 있는 몸을 움직여 탁자 위에 놓인 자신의 휴대폰을 들었다. 주희도 문 옆 벽에 붙어 있는 구명조끼를 봤는지 힘주어 손에 들린 휴대폰을 꽉 쥐어 또 다시 떠는 다리를 움직여 문 쪽으로 발걸음을 떼었다. 걱정스런 얼굴로 재영은 주희를 앞질러 성큼 성큼 불안한 걸음을 떼어내며 말했다.

"그냥 있어! 벽에 꼭 붙어 있어야 돼!"

재영은 문 앞바닥에 앉아 구명조끼가 보이는 얇은 유리창을 망설임 없이 주먹으로 내리쳐 안에 든 구명조끼를 꺼내 들었다. 빠르게 뒤를 돌아 벽면에 붙어 있는 주희와 비좁은 방의 기울임을 훤히 보던 재영은 45도로 기울여져 축 늘어져 있는 커튼을 마주 했다. 상황은 심각했다. 오뚜기의 성질을 가진 배가 이토록 심한 기울임에도 원상태로 되돌아오지 않는다는 것은 이미 돌이킬 수 없는 상태에 이르렀다는 것. 재영은 재빨리 머리를 굴리며 구명조끼를 들고 벽을 짚고 일어나 주희에게 구명조끼를 건넸다.

"얼른 입어! 나가자!"

주희는 재영이 급하게 내민 구명조끼를 받아들며 입고는 불안한 기색이 가득한 얼굴로 물었다.

"밖엘 나가?"

그때 아슬아슬한 기류가 흐르고 있는 공간 속. 그네호의 안내방송이 들려왔다.

"승객여러분께 알려 드립니다. 배 안에 구비되어 있는 구명조끼를 착용하시고 모두들 제자리에 가만히 있으십시오. 움직이면 위험하오니 승객 여러분 모두들 구명조끼를 입고 자리를 지켜주시기 바랍니다."

안내 방송을 들은 주희는 불안한 얼굴로 다급해 보이는 재영을 바라봤다. 재영은 한시가 급한 사람처럼 안내 방송을 끝으로 낮은 욕설을 뱉곤 주희를 바라보며 재촉했다.

"더 기울기 전에 나가야 해! 나갈 수 있을 때 나가야 해!"

"승객 여러분에게 안내말씀 드립니다. 구명조끼를 착용하시고 모두들 제자리에 가만히 있으십시오. 절대 움직이면 위험하오니 제자리를 지켜주시기 바랍니다."

재영은 눈썹 사이를 구기며 탁자 위 샐러드 접시를 들어 계속해서 방송이 흘러나오는 앰프에 내던졌다. 재영은 놀란 기색을 보이는 주희의 손을 꽉 붙잡으며 말했다.

"나가야 해!"

주희는 재영의 확신 가득한 얼굴을 보곤 고개를 끄덕이며 앞서 기울여 걷는 재영의 팔뚝을 붙잡아. 재영이 열어 재친 객실 문으로 방을 빠져 나왔다. 재영은 주희를 보며 침착함을 잃지 않은 목소리로 말했다.

"이제부터 기운 벽 쪽으로 옆으로 걷자. 내 뒤를 따라와!"

재영과 주희는 왼쪽 벽에 붙어 빠른 걸음으로 복도를 걸어갔다. 방송을 듣지 않은 사람들이 앞서 불안정하게 벽에 붙어 걷고 있었다. 재영은 가늘게 눈을 떠 다시 앞서 걷는 사람들을 바라봤다. 조타실에서 승객들에게 대피 명령을 내리고 있어야 할 선장과 선원들이 줄을 이어 밖으로 나갔다. 재영은 조금 거친 욕을 낮게 내뱉고는 고개를 돌려 자신을 열심히 따라오고 있는 주희를 보며 소리쳤다.

"주희야! 좀 더 빨리!"

주희는 힘이 벅찬 얼굴에 인상을 찌푸리며 소리 쳤다.

"빨리 가고 있거든?"

재영은 실소를 터트리며 자신과 몇 발자국 뒤에 있는 주희에게 다가갔다. 뒤로 걸어오는 자신을 이상하게 바라보는 주희의 손을 붙잡아 끌어당기다시피 빠르게 옆으로 걸어갔다. 재영은 45도 기운 5층 문을 급한 손짓으로 열었다. 갑판 위로 헬기 프로 펠라 돌아가는 소리가 들렸다. 단 한 대의 헬기가 온 것이다. 갑판의 여러 개의 난간들을 붙잡아, 재영은 아직 놓지 않고 붙잡고 있는 주희의 손을 끌어 당겨 자신의 앞으로 세워 가늘게 떨고 있는 주희를 와락 안으며 소리쳤다.

"헬기 탈 준비해 주희야!"

재영은 5층 갑판 가까이 떠 있는 헬기를 보고 손을 높이 올려 들며 소리쳤다.

"여기 사람 있어요!"

주희는 자신의 뒤에서 황급하게 소리치는 재영을 느끼곤 무거운 손을 들어 올리며 뒤따라 소리 질렀다. 그런데 헐레벌떡 배에서 내려 구명보트에 올라타는 선장과 선원들이 주희의 눈에 무심코 비췄다. 주희는 커진 눈을 하고 입을 틀어막았다. 그들의 형태가 마치 검은 사람처럼 보였기 때문이다. 심지어 그들을 구출하랴 바쁜 몇 몇의 해경들마저도 완전하게 검은 형태로 물들어 있었기 때문이다. 어느새 갑판 바닥 가까이 내려온 헬기를 보고 재영이 소리를 치며 주희에게 손을 내밀었다. 주희는 재영의 큰 손을 붙잡고는 그의 손길에 이끌려 헬기까지 빠른 몸짓으로 다가가 헬기에 연결된 구조 의자에 앉았다. 주희는 의아한 얼굴로 재영을 바라봤다.

"두 명 못타?"

금씩 상공으로 올라가는 헬기 때문에 주희의 몸은 갑판 위에 붕붕 떴다. 재영은 허리 굽혀 무릎에 양손을 얹은 채로 숨을 헐떡거리며 웃었다. 문득 주희는 설마 하는 얼굴로 재영을 바라봤다. 재영은 미소를 머금은 얼굴로 소리쳤다.

"애들이랑 같이 갈게!"

점점 멀어지는 재영을 바라보고는 주희는 그럴 수 없다는 듯 북받쳐오는 눈물을 터트리곤 소리쳤다.

"……어떻게? 어떻게 오는데!"

재영은 장난스레 인상을 찡그리곤 양 손을 모아 소리친다.

"꼭 갈게!"

재영은 눈시울을 붉히며 조금 주저하다 이내 소리쳤다.

"…………사랑해!!"

18. 선생님

홀로 남아, 활짝 열린 문 앞을 내려다보던 재영은. 몇 번의 외침 속에도 아무런 말이 들리지 않는 것을 뒤로하며 줄을 잡았다. 이제 정말. 시간이 없었다. 재영은 뒤를 돌아, 매듭이 묶여진 난간과 짙은 바다. 기울여진 하늘을 쓱 한번 보고는 문 안으로 들어갔다.

선생님. 행복은 내 안에서 오는 거죠.

이 세상은 계속 계속 바쁘고

높은 곳만 바라보라고 말하지만

높은 곳은 언제나 내 안에 있는 거죠.

선생님.

나는 지금 이 나라를 내려다봐요

그런데 왜 눈물이 나죠.

2011~2014 주희 노트 중에서

오전 9시 30분.

재영은 60도 가까이 기울어진 배의 옆구리 위에 위태로운 자태로 엉금엉금 기어 4층 갑판 난간에 발을 내딛어 갑판 바닥으로 몸을 던져 떨어졌다. 고통조차 느낄 여유가 없었는지 재영은 기운 벽의 몸을 기댄 채 자리에서 일어났다. 얼마 되지 않는 거리에는 4층 복도로 들어가는 문이 있었다. 재영은 이를 악물고 온전히 기울어진 벽에 의지한 채 여지없이 걸어갔다. 그때 코너를 돌아 이쪽으로 오고 있는 아니, 4층 복도로 통하는 문을 겨냥하며 힘겹게 난간을 붙잡으며 걸어오고 있는 체육선생님과 사회선생님이 보였다. 그들은 무언가의 정신이 팔렸는지 미처 얼마 멀지 않은 곳에 있는 재영을 보지 못한 듯 오직 4층 복도로 들어가는 문짝만을 주시하며 걸어왔다. 문 앞까지 거의 다다른 재영은 반가움이 느껴지는 목소리로 소리쳤다.

"서두르세요!"

두 선생님은 잠시 놀랜 기색을 보였지만, 이내 급한 걸음을 하곤 헥헥 거리며 재영이 기댄 벽면에 몸을 붙이곤 말했다.

"지금… 배가 너무 기울어서!"

"맨 몸으로 들어가는 건 위험해요!"

재영은 거친 숨을 몰아쉬는 두 선생님을 보며 끄덕였다. 맨 몸으로 들어갈 수는 있어도 다시 나오는 건 불가능하겠지.

"뭐 붙잡을 거라도 있나? 그러려면 아주 길어야 해!"

마른 침을 삼키며 말하는 사회 선생님을 마주 보며 머리를 굴리는 듯 눈동자를 이리 저리 굴리는 재영의 옆얼굴을 바라보곤 옆에 있던 체육 선생님이 급한 목소리로 말했다.

"각 객실에 커튼 있죠? 묶을 수 있는 건 다 묶어서 그거 타고 들어가요! 어디 튼실한 기둥에다 묶어 놓으면 체중도 상관없겠지!"

사회 선생님은 꽤 좋은 아이디어라고 여기는 듯 급하게 고개를 끄덕이다 이내 의아한 얼굴로 말했다.

"어디 소화기라도 있으면 좋은데…."

그때 이미 소화기를 들고 나타나는 재영의 곁으로 다가가 객실 유리창이 부셔져라 강타하고 있는 체육 선생님과 재영 그들의 힘으로 객실 안이 거의 훤하게 보일만큼 유리창은 깨져 나갔다. 비좁은 문으로 먼저 체육 선생님이 몸을 집어넣었다. 앞에서 기다리고 있던 재영은 조금 걱정 어린 눈으로 객실 안에서 커튼과 이불, 침대 시트를 챙기고 있는 체육 선생님을 보며 조금 안도하는 낮은 숨을 내쉬었다. 체육 선생님은 유리창 없는 창문 밖에서 자신을 기다리고 있던 재영에게 커텐과 이불, 침대 시트를 차례로 밀어 던져줬다. 재영과 사회 선생님은 재빨리 그것들을 나열해서 매듭지었다. 가장 견고한 것들을 우선순위로 두며 빠른 손놀림으로 매듭지어 나갔다. 어느새 객실 안 창문에서 빠져나온 체육 선생님이 소리쳤다.

"이제 시간이 없어요! 더 기울면 나오지도 못해!"

마지막 매듭을 묶고 있던 사회 선생님이 손을 떼어 내며 외쳤다.

"다 됐어! 기둥 찾아 기둥!"

재영은 먼저 일어나 가장 굵은 난간을 짚었다.

"여기요! 얇은 난간까지 같이 묶자고요!"

난간을 짚으며 재영에게 걸어온 체육 선생님은 난간에 커튼 머리를 동여매고 있는 재영의 손을 제지하며 말했다.

"이렇게 묶으면 내려가면서 다 풀려요! 내가 묶을 게요!"

재영은 고개를 끄덕이며 고개를 돌려 4층 복도로 이어지는 문을 열고 있는 사회 선생님을 바라봤다. 힘겨운 얼굴로 문을 열어 제치던 선생님은 활짝 열린 문 아래로 우렁차게 소리쳤다.

"거기 누구 없니? 애들아! 소리 쳐봐!"

웅성웅성 거리는 소리 틈으로 "살려 주세요"라고 외치는 학생들의 외침이 들려왔다. 선생님은 이를 악물며 고개를 살짝 돌려 매듭을 완성해가는 두 사람을 보곤 물기 젖은 목소리로 말했다.

"빨리 갑시다."

긴장된 얼굴 위에 땀줄기를 타고 뜨거운 전율이 흘러내렸다. 매듭을 완성한 체육 선생님은 열중해서 매듭을 묶고 있는 재영을 내려다보며 씩 웃고는 활짝 열린 문 앞을 지키며, 등을 보인 채 주저 앉아있는 사회 선생님의 뒤통수를 보곤 소리쳤다.

"이제 가요! 됐어요!"

재영과 체육 선생님은 제법 길게 이어진 서로 다른 천들을 4층 복도로 연결된 통로 문 앞에 앉아 있는 사회 선생님에게 던져줬다. 빠른 손놀림으로 길게 이어진 천들을 4층 복도로 밀어 넣는 사회 선생님. 재영은 단단하게 몇 개의 난간에 묶여진 천을 몇 번이나 잡아당겨보고는 자신을 바라보던 체육 선생님에게 고개를 몇 번 끄덕였다.

"내가 먼저 내려가서 상황 보고해 줄게."

이미 내려갈 차비를 마친 듯 금방이라도 내려갈 기세였던 사회 선생님은 천을 잡아 재영과 체육 선생님을 마주 보며 긴장한 기색을 감추며 도로 웃고는 활짝 열린 문 아래로 내려갔다. 앞서 있던 체육 선생님은 화들짝 놀라며 팽팽해진 천을 잡아당겨 힘을 보탰다. 덩달아 재영 또한 팽팽한 천이 느슨해지고 나서야 손을 놓았다. 체육 선생님은 재빨리 활짝 열린 문 앞으로 다가가 앉아 아래를 보며 크게 소리쳤다.

"쌤! 거기 어때요?"

4층 복도를 내려다보니 컴컴한 암흑과 많은 소리가 뒤섞여 그 뜻을 알 수 없는 소음만이 전부였다. 체육 선생님은 몇 번이나 같은 말로 사회 선생님의 안위와 그 곳에 상황을 물었지만. 전혀 대답은 들을 수 없었다. 주저앉아 등을 보이며 비좁은 통로에 몇 번이고 소리를 지르던 체육 선생님은 몸을 돌려, 자신에게 다가오던 재영을 마주보곤 느슨한 천을 땡겨 잡으며 말했다.

"줄 좀 잡아줄래요?"

급한 마음으로 다가오던 재영은 선생님의 다급함 속에 찾아온 초연함을 마주보곤 고개를 끄덕이며 확신의 시선으로 말했다.

"내려가서 만나요. 그리고 다시 올라오자고요."

양손 가득 줄을 잡아 당겨 내려갈 차비를 마친 체육 선생님은 희망의 빛으로 가득 채운 재영의 얼굴을 마주 보며 희미하게 미소 지었다.

홀로 남아 활짝 열린 문 앞을 내려다보던 재영은 몇 번의 외침 속에도 아무런 말이 들리지 않는 것을 뒤로하며 줄을 잡았다. 이제 정말 시간이 없었다. 재영은 뒤를 돌아 매듭이 묶여진 난간과 짙은 바다, 기울여진 하늘을 쓱 한 번 보고는 문 안으로 들어갔다. 복도는 구분이 어려울 정도로 어두웠다. 게다가 물이 차오르기 시작했다. 바다 물의 찬 기운이 그대로 올라왔다. 재영은 발끝에 닿는 바다 물을 잠시 의식하곤 천천히 몸을 내렸다. 기울어짐과 어둠 때문에 발을 딛을만한 바닥을 찾는 것마저 불가능하게 느껴졌다. 이대로 천에만 의지한 채 복도를 내려갔다가는 겨우 복도 끝 벽에 발을 내딛을 수 있겠지. 재영은 거친 호흡을 가다듬어 허리까지 차오르는 바다 물을 느끼곤 더 내려갔다. 어깨까지 바다 물에 잠겨있는 재영은 움직임을 멈추곤 한 손으로 천 줄을 꽉 동여잡곤 닿는 벽이란 벽을 온 힘 다해 주먹으로 두들겼다. 이 중에 한 곳은 객실 문이다. 아니, 객실 문일 경우가 더 많다.

재영은 주먹을 내리꽂으며 소리쳤다.

"애들아! 선생님!"

계속해서 벽을 치던 재영은 손길을 멈춰 귀를 기울였다. 그러자 복도의 모든 곳에서 문과 벽을 두들기는 소리들이 들려왔다. 재영의 온몸에 소름이 돋았다. 많은 소리들이 뒤섞인 소음만큼이나 그들의 두들김은 재영의 가슴을 뜨겁게 내리치고 있었다. 재영은 혼란스런 얼굴을 하다 자신과 가장 가까운 쪽의 두들김을 듣고는 더듬더듬 손을 짚어 아래로 몸을 내렸다. 거의 목까지 차오르는 바닷물을 의식했다. 바늘로 온 몸을 찌르는 듯한 추위를 뒤로하며 크게 숨을 들이마시곤 물속에 머리를 집어넣었다. 차가운 바다 물의 냉기는 머릿속을 찌르며 들어오는 것만 같았다. 더듬거리는 손끝으로 만져지는 문고리. 재영은 힘주어 잡아당겼다. 그러나 쉽게 열리지 않는 문. 재영은 천 줄에서 손을 떼어냄과 동시에 문고리를 잡고 매달리며 있는 힘껏 잡아 당겼다. 그런데 잡아당기고 있는 문 안에서도 재영 쪽으로 미는 것 같은 힘이 전해졌다. 사람이 있는 것이다. 재영은 점점 숨이 막혀오는 것을 애써 무관하며 문고리를 더욱 세게 잡아당겼다. 그러자 열린 문으로 많은 짐들이 줄을 이어 물살에 떠밀려 나오기 시작했다. 재영은 짐을 밟으며 열린 문 안으로 들어가 문을 닫고는 바다 물속에서 급히 얼굴을 꺼내들었다. 재영은 힘겨운 숨을 들이킬 새도 없이 들어온 객실안의 10명 남짓 있는 학생들을 바라보며 말했다.

"어디 다친데 없어요?"

너무나 갑작스런 상황에 어깨까지 잠긴 물속에서 울음을 터트리며 짐을 밟은 채 까치발을 들고 있는 여학생들과 파란 입술을 오들 오들 떨고 있는 남학생들은 울부짖으며 말했다.

"소방관이에요? 우리 구해주러 온 거에요?"

"왜 혼자에요?"

"여기 다친 애들 많은데!"

재영은 점점 밀려오는 추위를 온 몸으로 느끼며 아이들의 두려움과 회의가 뒤섞여 있는 얼굴들을 바라봤다. 저들은 말도 안 되는 기다림 속에 오랜 시간 있으면서도 그것이 끝없이 불안하면서도 잃지 않은 것이다. 믿음을.

"왜? 왜 대답을 안 해요?"

재영은 어두운 얼굴을 감추지 못한 채 말했다.

"일단 여기서 나가야 해. 나가서 얘기해."

"움직이면 위험할 거래요!"

보랏빛 입술을 바들거리는 남학생이 소리쳤다. 재영은 이를 악물었다.

"맞아요! 구조 배가 오는 걸 아까 봤어요! 순서를 기다리면… 올 거예요!"

"그래! 배가 너무 커 가지고…."

재영은 거칠어진 얼굴을 매만지며 말했다.

"그런 게 올 거라고 믿어?"

아이들은 너나 할 것 없이 얼굴색이 파래져 되물었다.

"안 올 이유가 있어요?"

"여기… 우리 말고도 많이 있는데… 옆방 애들이랑 벽 두들기면서 살아있는지 서로 확인도 했어요."

"아직 살아 있는 애들이 많아요!"

재영은 무언가의 울컥함이 치솟았다. 그것이 무엇인지는 알 수 없었다. 사회적 약자로서의 당연한 권리. 저들이 들이미는 것은 그것이 아니었다. 그저 자신들의 순서가 오기까지의 당연한 기다림. 그것뿐이었다. 그 순간 재영은 찬물 때문에 얼어버렸던 피가 거꾸로 솟는 것만 같았다. 진심으로 자신이 어른이라는 사실이 이토록 창피할 수가 없었다. 재영은 조금 단단한 목소리로 말했다.

"그래 구하러 왔어. 나 말고도 많은 선생님들이 다른 애들을 구하고 있을 거야. 그러니까. 내 말 좀 따라줘."

어느새 목까지 차오르는 바닷물을 느끼며 재영은 밟고 있는 단단한 물체 위에 까치발을 들었다. 아이들은 서로를 의지하며 구명조끼를 입은 친구를 붙잡고 간신히 차오르는 물 위에 얼굴을 내밀고 있었다. 재영과 가장 가까이에 있던 남학생은 재영의 어깨를 붙잡으며 떨리는 목소리로 말했다.

"어… 어떻게… 어떻게 하면 돼요?"

남학생은 힘겹게 입을 떼어 말을 뱉으면서도 무슨 일인지 무거운 듯 보이는 눈을 감았다 떴다를 반복하며 말을 이었다.

"저기… 형. 추워요."

하얗게 질린 재영은 눈을 자꾸만 감는 남학생의 볼을 두들기며 추위에 언 목소리로 소리쳤다.

"안, 안 돼! 잠 와도 정신 바짝 차려!"

힘없는 고개를 끄덕이는 남학생 뒤로 물속에 거의 몸이 다 잠긴 채 위태롭게 얼굴만 간신히 내밀고 있던 아이들은 울음을 터트렸다. 재영은 안 되겠는지 몸을 돌려 객실 문으로 다가가려던 중 몇 걸음 내딛었을 뿐인데 금방 꺼지는 바닥면으로 인해 얼굴까지 잠겨 코와 입으로 차가운 바닷물이 급속도로 밀려들어왔다. 재영은 갑작스런 깊이에 뒷걸음치며 단단한 물체 위로 올라가 얼굴을 내밀었다. 헉헉 거리며 지친 숨을 몰아쉬는 재영의 뒤로 바들바들 몸을 떠는 여학생이 다가와 재영의 옷깃을 잡아당겼다. 재영은 고개를 돌려 얼굴이 하얗게 질려있는 여학생을 바라봤다. 어젯밤 로얄룸 휴게실 안에 있던 학생들 중 선생님이 되고 싶다던 학생이었다. 여학생은 파란 입술을 떼어내며 말했다.

"같이… 같이 문 열어요."

재영은 물속에서 자신의 옷깃을 부여잡는 여학생의 얼음장 같은 손을 꽉 잡으며 말했다.

"잠수해야 돼. 괜찮겠니?"
아이는 희게 웃고는 말했다.

"해야죠. 살려면."

19. 비닐 포장지

대통령은 헐레벌떡 체육관을 나가려,
많은 사람들의 아우성 속에서 검은 정장을 입은 사람들에게 둘러 싸여 발걸음을 내딛었다.
주희는 해원이 너무 많은 힘을 준 탓에 부들거리며 떨고 있는 해원의 주먹을 잡았다.
해원은 자신의 떠는 주먹 위에 올려진 주희의 온기 있는 손을 느끼며. 울컥, 북받쳐 오는 눈물을 삼키곤 말을 이었다.
"당신이 책임지고 구하겠다는 말은 왜 하지 않아요! 당신이라면 할 수 있잖아요!"

2012년.

거리로 나가 걷는다.

불투명한 미래, 불안한 내일을 갖고 대지 위를 누비는
사람들이 보인다.

온갖 드리운 그림자는 얼굴에 가득 그려놓고서,

따스한 이 거리를 누비는 사람들이 보인다.

그러나 이 사회는 그들을 다 품어주질 않는다.

천부적인 인재, 놀라운 기업, 능력 있는 정치인.

이들이 더 쉽게 자라갈수 있는 사회로.

이 정치는, 이 민주는 초록물감으로 둔갑한다.

어느 새 판이 갈리고

향기마저 다른 곳으로, 계속해서 무관하며 사는 것으로,

비닐포장지를 돌돌말아 입는다.

이제 대통령 선거가 코 앞 인, 열아홉.

나는 세상에게, 너는 부조리하다고 소리친다.

그럼 이 세상은 내게. 너는 떳떳할 수 있냐고 묻지만

나는 대답해주지 않는다.

2011~2014 주희 노트 중에서

정신없이 한꺼번에 몰려든 응급 환자 때문에 그 어느 때보다 분주하게 움직이는 응급실 사람들. 링거를 팔에 꽂은 채 불안한 기색을 감추지 못하던 주희는 벌떡 누인 몸을 일으켜 앉아 신발을 찾았다. 배로 다시 가야 했다. 어쩌면 재영이가 진작에 배에서 나와 나를 기다리고 있을 수도 있다. 주희는 침대 밑에 놓인 신발을 신어 자리에서 일어났다. 그런데 자신의 침대 옆에 누워있던 사람 또한 그네호의 구조자이였는지 젖은 지갑을 들어 지폐 십여 장을 꺼내 물기를 탈탈 털어 그늘에 말린다. 주희는 고개를 기울였다. 남자의 주변에서 기름 냄새가 났다. 주희는 지갑에서 지폐를 꺼내 말리던 남자를 보곤 두 팔로 자신의 목을 감싸 안으며 말했다.

"사람들 다 나왔어요?"

편안한 자세로 침대 위에 앉아 있던 남자는 알 수 없다는 얼굴로 어깨를 으쓱했다.

"배가 너무 기울었어요."

남자의 태평한 행동에 주희는 눈을 가늘게 뜨며 자신의 팔에 꽂혀 있는 주사 바늘을 뽑아 소란스런 응급실 안을 빠져나왔다. 응급실 앞. 소방차와 구급차 등 여러 종류의 차들이 도착하거나 출발하고 있었다. 주희는 응급차에 올라타려는 남자에게 빠르게 다가가 소리쳤다.

"어디로 가요?!"

"네?"

"이거 어디로 가요!"

남자는 어리둥절한 얼굴로 금방이라도 울음을 터트릴 것만 같은 주희를 보며 '진도 팽목항' 으로 가는 구급차라고 설명한다. 침몰한 그네호에서 탈출한 사람들을 병원으로 이송하러 간다는 설명까지 덧붙였다. 주희는 고개를 끄덕이며 활짝 열려있는 응급차에 몸을 밀어 넣었다. 남자는 너무나 간절한 주희의 표정을 보곤 할 수 없다는 듯 몸을 밀어 넣어 문을 닫았다.

진도 팽목항.

그네호 안에서 탈출한 남학생이 온몸에 헌 이불을 감싼 채 119 구급차에 올랐다. 그때 또 다른 응급차에서 빠져나와 바다 앞을 서성거리던 주희는 구급차에 올라타는 구조 자를 발견하곤 황급히 학생에게 다가갔다.

"혹시! 혹시 안에 상황을 알아요? 말 좀… 말 좀 해줘요!"

남학생은 거친 물살을 헤엄쳐 나온 탓에 많이 지쳐있는 얼굴로 파란 입술을 떼어내 본능적으로 뱉어냈다.

"어른들은 거의 다 나온 것 같은데… 애들은 못 나왔을 거예요. 거의."

주희는 눈물을 글썽였다. 나오지 못하는 애들을 데리러 재영이가 갔다. '나오지 못하는'. 남학생은 눈시울을 붉힌 채 머뭇거리며 말을 이었다.

"…저도 가만히 있으라는 방송만 믿고 진짜 가만히 있었어요. 그런데… 선생님이 빨리 나가라고… 빨리 나가라고 해서 애들이랑 나왔는데… 선생님은…."

남학생은 힘든 얼굴로 울음을 견뎌내려 이를 악물었다. 그러나 말하는 것을 멈추진 않았다.

"선생님은 안에 있는 애들이랑 같이 오겠다면서… 우리 먼저 나가라고 했는데… 우린 진짜 먼저 나왔어요. 선생님 두고…."

남학생은 벌벌 떨리는 몸으로 울음을 터트렸다. 죽음과 가장 가까이 있다는 것을 아는 시간. 당신의 목숨보다 '나'의 생명이 먼저라는 사람. 인간이기에 약하고 조금은 비겁할 수 있었던 시간. '할 수 있어' 뒤도 안보고 뛰어들었던 사람. 그런 사람을 두고 홀로 빠져나온 것의 대한 죄책감이 18살의 온 몸을 휘어 감고 있었다. 주희는 자신의 거울과도 같은 모습에 펑펑 울고 있는 남학생을 껴안았다. 남학생은 울음 섞인 목소리로 주희의 귀에 속삭였다.

"말리지도 않고 진짜 그냥 두고 나왔어요. 그러면 안 되는 거였는데."

사실 물어보고 싶었다. 혹시, 재영이를 만났느냐고, 만약 만났더라면, 나도 하지 못한 말들을 네가 대신 해주지 그랬느냐고. 그래. 그저 누구라도 붙잡아 울고 싶었다. 하지만 남학생이 벌벌 떠는 몸으로 울음을 멈추지 못하는 모습에 주희는 작게 울음을 터트리며 속삭였다. 살아 있음에서 오는 공포. 그것을 그녀는 너무나 잘 알고 있었기에.

"…사람이 원래 그런 거래. 너무나 큰 슬픔을 만나면 내 탓도 하고 그러는 거래. 네 잘못이 아니야. 정말이야."

남학생은 주희의 품에서 눈물 젖은 울음을 터트렸다. 남학생의 떠는 등을 토닥여 주던 주희의 얼굴에는 돌이킬 수 없는 후회의 얼굴이 낮게 그늘지었다.

주희는 사람들이 무성하게 무리지어 서 있는 체육관으로 뛰어 갔다. 수많은 기자들과 사람들이 뒤섞인 체육관으로 향하던 중 그네호의 실종자와 구조자를 알려주는 게시판이 보였다. 주희는 천천히 게시판으로 다가가 '윤재영'의 이름을 손으로 줄을 그어가며 찾았다. 툭, 주희의 얼굴에 점점 많은 양의 눈물들이 쏟아져 내렸다. 안다. 왜 재영이가 응급실에 오지 않은 이유를. 나를 기꺼이 찾아올 재영이의 모습이 그토록 기다려졌는지를. 알고 있었다. 그렇다 해도 주희는 한 손으로 작은 입을 감싸며 소란스런 고함이 터져 나오는 체육관으로 고개를 돌렸다. 상황이 어떻게 흘러가고 있는지 알아야 했다. 주희는 체육관으로 걸어가는 무거운 발걸음을 멈춰 잠시 양손으로 넋을 잃은 얼굴을 감쌌다.

진도 체육관.

실종자의 수를 짐작이라도 해주는 듯 주희는 천천히 수 백 명의 찢어질 듯 한 울음소리를 내지르고 있는 사람들 틈으로 비집고 들어갔다.

"우선 지금 들어가야 할 거 아니에요?"

한 남자는 식은땀을 흘리며 애통하게 울부짖는 사람들에게 둘러싸여 멍청한 얼굴로 입을 벙긋 벙긋 움직였다.

"에… 지금 저희가… 상황판단을 하여… 해경에게… 저…."

주희는 답답한 얼굴로 눈썹 사이를 구기며 앞으로 조금 더 비집고 들어갔다. 실종자 가족들은 사고가 터진 지 몇 시간이나 지난 후에도 발 빠른 구조가 들어가고 있지 않음에 울분을 토했다. 주희는 나오지 않는 목소리를 가다듬어 조금 높게 소리쳤다.

"지금 구조 안 해요?"

남자는 단호한 얼굴로 말했다.

"지금 비가 와요. 물살이 거칠어서."

남자의 무책임한 발언에 아수라장이 돼버린 체육관 안에서 울음 섞인 중년 남자의 외침 소리가 들려왔다.

"사고가 언제 났는데 지금 물살이 거칠다는 소리하고 있어요?"

"빨리 잠수부들이라도 투입 시켜야 하는 거 아닙니까?"

"119 구조대원들이 지금 대기중이라면서요!"

몇 사람의 질타 속에서, 뒤를 이어 혹시나 내 아이에게 해가 될까 꾹 참고 있었던 발언들이 분수처럼 튀어나왔다. 주희는 어두운 얼굴로 고개를 숙여 눈물을 삼키고 있었다. 뭐가 어떻게 돌아가는 거야. 왜 구조를 못해. 그런데 실종자 가족들의 거센 항의를 보다 못한 남자가 얼굴을 구기며 소리친다.

"예… 잠수부가 지금 대기중이랍니다! 그런데 위에서 명령이 안 떨어져서 못 들어간데요 지금 119가! 낸들 어떻게 합니까!"

주희는 숙였던 고개를 들었다.

"뭐?"

"뭐라고? 당신 지금 뭐라 그랬어? 어?!"

중년의 남자는 말 같지도 않은 말을 내뱉는 남자를 향해 거친 손을 뻗어 멸살을 잡았지만 그도 잠시 남자를 애워 싸고 있었던 경찰들에게 제지당해 바닥으로 나가 떨어져 버렸다. 주희는 금방이라도 욕이 튀어나올 것만 같은 얼굴로 자신의 옆에서 울고 있는 여자에게 물었다. "저 남자 누구예요?" 여자는 울음을 멈추며 허무한 듯 웃고는 말한다. "해양경찰청 관계자래요."

"빨리 오더를 내려서 구조를 들어가야 할 거 아니냐고?!"

"지금 여기서 이러고 있을 시간이 없다구요!"

자신에게 날아오는 사람들의 간절한 구조 요청이 거친 비난으로밖에 해석이 안 된다는 듯. 해양경찰정 관계자는 답답하다는 듯 소리쳤다.

"아니! 거기는 내 권한이 아니라고 이 사람들아!"

경찰의 통제 속에 바닥으로 내쳐졌던 중년의 남자가 무거운 몸을 벌떡 일으켜 소리쳤다.

"이 새끼야…? 지금 애들이 죽어 가는데 권한이 없다고? 권한이 없다고?!"

해양경찰청 관계자는 도저히 안 되겠다 싶었는지 자신에게 온갖 욕설을 퍼붓는 사람들을 피해 군건한 경찰의 경비를 받으며 소란스런 체육관을 빠져나갔다. 주희는 체육관 찬 바닥에 주저앉았다. 지금 이 상황이 도대체 어떻게 흘러가고 있는 것인지. 해양경찰청 관계자가 말한 '구조의 권한'이 있다면 왜 당장 떨어지지 않았던 것인지. 하물며 살릴 생각은 있는 것인지. 주희는 꿈에서 깨어난 듯 벌떡 몸을 일으켰다. 지금 이러고 있을 시간이 없었다. 누군가에게 간절하게 빌어서라도 배 안으로 다시 들어 가야했다. 주희는 한 시가 급한 사람처럼. 눈시울을 붉힌 채 체육관을 나가는 사람들 틈으로 빠르게 걸어갔다.

진도 팽목항.

"…왜 잠수부가 못 들어가요?"

"저, 그 근처는 갔는데 해경함정에 연락을 해보니까. 민간 잠수부들은 필요 없답니다."

“예?”

“거기 인력만으로 충분하다는데… 일단… 기다려 봐야죠.”

당장 구조를 들어갈 수 있는 민간 잠수부들의 도움 필요 없이 해경의 구조를 기다려 보자는 말을 끝으로 서른 명 남짓의 사람들은 넋 나간 얼굴로 바닥에 주저앉았다. 주희는 홀로 서서 푸른 바다를 바라보았다. 짙은 남색의 바다 위를 가로질러 나가는 구조보트들이 보였다. 그래, 단 4대 만이 전부였다. 주희는 천천히 자리에 주저앉았다. 아니야, 앞으로 몇 대가 더 갈 거야. 그럴 거야. 정신을 잃은 듯 주희는 줄줄 눈물이 흐르는 얼굴로 자리에서 일어나려 몸을 세워봤다. 하지만 뜻처럼 일으켜지지 않는 자신의 몸을 탓하며 주희는 벌컥 울음을 쏟아냈다.

그때, 아침 일찍 TV를 보던 중 긴급 속보라며 9시 뉴스에 매인 타이틀을 장식하는 ‘그네호 침몰’의 문구를 본 해원은 얼굴이 하얗게 질린 채 곧바로 진도 팽목항으로 급한 몸을 이끌었다. 해원은 많은 사람들 틈으로 주저앉아 울고 있는 주희를 발견하곤 주희의 떠는 어깨를 붙잡아 조심스레 일으켜 세웠다.

“주희 씨! 괜찮아요? 정신 차릴 수 있겠어….”

주희는 쓰러지듯 해원의 넓직한 가슴을 기둥삼아 다시 주저앉고 말았다. 해원은 홀로 남은 주희가 이토록 정신이 온전하지 않는 이유를 알아차릴 수 있었지만. 알고 싶지 않은 사실을 만났을 때 인간은 확신을 묻는 법. 그 답을 알면서도.

"주희 씨. 재영이 어디 있어요? 재영이 안 나왔어요?"

진도 팽목항으로 가던 중 틀어놓은 자동차 DMB 뉴스에서 '인천에서 제주항으로 향하던 세월호 침몰 탑승객. 전원 구조'의 속보를 보았다. 그래, 분명히 보았다. 그런데.

"재영이가… 애들이랑 같이 오겠다면서… 구조되는 선장이랑 선원들을 봤는데…. 애들한테 빠져 나오라고는 안하고… 나도 안하고… 재영이만… 재영이만 두고…."

바닥에 주저앉아 주륵주륵 눈물을 흘리며 횡설수설하는 주희를 보고는 해원은 무릎을 굽혀 앉으며 주희의 어깨를 쓰다듬었다.

"괜찮아. 그 자식은 독해서 애들이랑 꼭 같이 나올 거예요. 그러니까…."

눈물을 삼키며 말을 하던 해원은 고개를 가로저으며 뜨거운 눈물을 흘리는 주희를 보곤 말을 멈췄다. 나도 안다. 재영이 만큼 강한 사람은 없다. 그 사람만큼, 그 여린 사람만큼 진실 된 사람은 없다.

"내가… 내가 버리고 온 거예요 그 거대한 배에 재영이만 두고 온 거야. 금방 가라앉을 거라는 것을 알면서도!"

주희는 주체할 수 없었는지 울컥 울음을 터트렸다. 그러나 주희는 모든 것을 품어도 될 만큼 넉넉한 해원의 품에 안겨. 흐르는 눈물을, 멈출 수 없는 눈물을 흘려 내렸다. 해원은 따뜻한 목소리로 조용하게 속삭였다.

"두고 온 것이 아니야. 아직 배 안에 있을 뿐이야, 주희야. 너는 네 몸을 지키는 것이 너의 일이였고 재영이는 너의 일을 도와줬을 뿐이야."

해원의 넓은 가슴에서 눈물 젖은 얼굴을 떼어낸 주희가 조용하게 물었다.

"재영이는?"

해원은 아직 하얗게 질려있는 얼굴로 주희를 내려다 봤다.

"재영이는 누가 도와줘?"

"곧… 해경이…………."

어쩐지 확신하지 못하는 듯 말하는 해원을 마주보며 주희는 강하게 고개를 가로 저으며 말했다.

"하루가 십년 같은 재영이였어. 재영이는 배 안에 있는 그 누구보다 살고 싶어 했어! 재영이는… 배 안에서 떨고 있을 시간조차 아까워."

할 수만 있다면, 내가 할 수만 있다면, 내가 할 수만 있었다면, 해원은 자신의 무기력함을 자책하는 주희의 얼굴을 보곤 고개를 떨궜다. 해원은 이를 악물며 주먹을 쥐었다. 자신 또한 당장 바다에 뛰어 들어 그 녀석을 구하지 못한다는 것이. 그것이 그저 당연하다는 사실 앞에 이를 악물었다. 그때 주희의 떠는 등을 토닥여주던 해원의 앞으로 갑작스레 방송국 기자들이 내민 마이크와 함께 쉴 새 없는 질문들이 쏟아져 나왔다.

"단원고 학생 희생자 가족이십니까?"

"아이들이 그네호 안에서 뭐라고 하던가요?"

"지금 심정이 어떠십니까?"

"혹시 객실에서 찍은 동영상이나 사진이라도 있나요?"

해원은 굳은 얼굴로 고개를 들어 무미건조한 목소리로 내뱉었다.

"아직 안 죽었으니까 실종자지."

"4층 몇 호실 객실 안에 있었던 겁니까?"

"학생이 살아있던 시간을 아십니까?"

해원은 먹먹한 듯. 곱게 다려진 셔츠 단추를 풀며 말했다.

"일반 승객 가족이에요."

"…아."

일반 승객 가족이라는 말을 끝으로 주저앉아 있던 주희와 해원을 비추던 카메라와 마이크들은 순식간에 사라졌다. 해원은 씁쓸한 미소를 지었다. 사람들이 죽고, 살고. 도마 위에 올려진 상황에서도 더 큰 가십을 찾아다니는 저들이 잠시 안쓰러운 순간이었다. 해원은 그늘진 얼굴로 넋을 잃고 망부석이 된 채 하염없이 눈물을 흘리는 주희의 등을 어루만졌다. 그런데 그때 해원의 등 뒤에서 중년의 여자가 익숙한 목소리로 소리쳤다.

"해원아…!"

자신을 애타게 부르는 목소리에 해원은 앉은 채로 뒤를 돌았다. 그러더니 서서히 앉은 자리에서 일어나 눈물로 얼굴이 다 젖은 여자에게 다가가 두 손을 모으며 고개를 숙였다. 여자는 떨리는 목소리로. 어두운 내색을 비추는 해원을 바라보며 물었다.

"재영이는?… 재영이 어디 있니?"

주희는 재영을 찾는 목소리에 두 손으로 눈물을 닦고는 중년의 여자를 바라봤다. 여자를 마주 보며 고개를 살짝 숙이고 있던 해원은 머뭇거린다 싶더니 조용하게 말을 이었다.

"아직… 배 안에 있어요."

해원은 중년의 여자가 겁을 집어먹은 얼굴을 하고는 바닥에 주저앉으려 하자 재빨리 여자의 어깨를 감싸며 천천히 자리에 앉혔다. 그 고운 얼굴을 일그러트리던 여자는 곧 죽을 것처럼 소리쳤다.

"나는 돈 필요 없어요! 정말 이야! 재영이는 아직 살아 있어! 살아 있어!"

아침 일찍 '그네호 희생자 보험' 뉴스를 보며 찻잔을 기울던 여자는 해원이 건 전화로 침몰해가는 그네호 안에 재영이 있다는 사실을 전해 듣곤 금이야 옥이야 키우다, 결국 아무것도 해주지 못했던 아들이 죽어간다는 소식과 다를 바 없는 말에 주체할 수 없이 떨리는 몸을 붙잡아 간신히 진도 팽목항으로 향하던 중 그녀의 휴대폰으로 온 문자 메시지를 보고는 끝내 울음을 터트리며 바닥에 주저앉았다.

"엄마. 말 못 할까봐 미리 보내 놓는다. 사랑해."

여자는 오열하며 해원의 두 다리를 붙잡아 울부짖었다.

"제발! 제발! 재영이 좀 구해줘! 그 아이 불쌍한 아이야. 정말 불쌍한 아이에요! 제발 누가 좀 구해줘요!"

해원은 자신의 다리를 붙잡고 오열하는 여자를 보며 어두운 얼굴로 자세를 낮춰 바닥에 무릎을 굽혀 앉아 여자의 파르르 떠는 어깨를 감싸 안았다. 해원은 늘 궁금했었다. 무뚝뚝하긴 해도 제법 성격 좋은 재영이 가족 얘기를 물을 때면 왜 그토록 어두워지는지 심지어 재영에게 엄마는 없는 것일까 생각했던 시간들도 있었다. 그런데 해원은 반쯤 미친 사람처럼 뜨거운 눈물들을 쏟아내고 있는 여자를 내려다봤다. 재영이 꼭 돌아와 이 모습을 봐야만 한다고 해원은 생각했다. 주희는 저기 조금 떨어진 곳 해원에게 안겨 눈물을 쏟고 있는 재영의 엄마와 해원을 바라보며 굳은 몸을 세워 자리에서 일어났다. 재영의 엄마는 끝내 정신을 잃었는지. 해원의 긴박한 부름으로 진도 팽목항 근처를 머물던 119 구급 대원의 신속한 조치를 통해 구급차에 올랐다. 구급 대원은 가까운 병원 이름을 해원에게 말해주며, 빠른 행동으로 구급차에 몸을 실어 소란스런 진도 팽목항을 빠져나갔다.

실내 체육관.

"대통령이 와 있데요!"

수 백 명의 사람들은 울음을 멈추며 '대통령'이라는 말을 하는 한 여자에게 이목을 집중시켰다. 해원은, 금방이라도 쓰러질 것처럼 축 늘어져 서 있는 주희를 바라보며 말했다.

"주희야. 조금만 더 힘내자. 조금만."

주희 또한 '대통령'이라는 직위에 희망을 보았는지 그늘진 얼굴을 겨우 몇 번 끄덕이고는 언제부터였는지 정신 차릴 수 없던 시간. 자신의 옆을 지키고 있었을 해원을 바라봤다. 그는 어쩌면 자신보다 더 불안해하는 것이 맞는데 좀처럼 성과가 없는 구조상황에 성질을 낼 법도 한데 어딘지 닮아있었다. 아이들과 함께 오겠다던 재영의 얼굴과 그때 체육관 안, 수많은 기자들과 경비원들 틈으로 여자 대통령의 얼굴이 사이사이 비췄다. 줄곧 눈물을 쏟아내던 엄마들도 이 순간만큼은 정신을 바로 잡아야 한다는 듯 눈물을 닦아냈다. 여자 대통령은 곱게 차려입은 모습으로 온화한 미소를 띤 채 실종자 가족 한 사람 한 사람의 건조한 손과 악수했다. 우리 딸 좀 살려주세요. 우리 아들은 아직 18살이에요. 꼭 좀 살려주십쇼. 꼭 좀 부탁합니다. 한국 최고의 지도자에게 끊이질 않는 간절한 청탁들이 줄을 이었다. 주희는 찬 얼굴을 두 손으로 감싸며 마이크를 잡아드는 대통령을 주목했다.

“조금 전에 구조 현장을 다녀왔는데. 정부가 모든 자원과 인력을 동원해서 수색에 지금 최선을 다 하고 있습니다. 또 잠수요원이라던가 이런 것에서도 계속 시도를 하면서…. 날씨가 지금 좋진 않지만은… 저도 최선을 다하도록 모든 분들한테 부탁을 했고 지금 계속 시도를 하고 있습니다. 지금 심정이 어떤 위로도 될 수가 없을 정도로 안타깝고 애가 타고 한 분 한 분 애가 타시겠지만 희망을 잃지 마시고…. 구조를 지금 함께… 기다려 주시기를 바랍니다.”

마이크를 잡은 채 조곤 조곤 말을 이어가던 대통령의 곁으로 실종자 가족들의 물음과 요구 사항을 적은 A4용지를 들고 한 남자가 올라섰다. 여자 대통령은 쉬지 않고 말을 이었다. 조근조근한 목소리로.

“…어쨌든 지금 이 상황에서 애타는 가족여러분들에게 모든 것을 다 해야 한다 라고 저도 얘기를 했고. 또 현장에서 해경이라던가 해군들이 또 경험이 많은 사람들이 와서, 전부 지금 각오를 다지고 임하고 있다는 것을 우리 가족여러분들에게 확실하게 말씀을 드릴 수가 있습니다. 또 가족 분들에게는 정부가 최대한, 또 가능한 모든 지원과 편의를 아끼지 않을 것입니다. 아울러서… 이런 있을 수 없는 일이 일어난 것에 대해서, 철저한 조사와 또 원인 규명을 해가지고 책임질 사람은 엄벌토록 그렇게 할 것입니다.”

해원은 고개를 기울였다. 불안한 내색을 비추는 주희 또한 이상하다 여기며 물끄러미 대통령만을 바라봤다. 대통령은 꼬깃한 A4용지를 들고 서 있는 남자를 보며 가족들의 요구 사항을 말해 줄 것을 전했다. 남자는 덤덤한 얼굴로 손에 쥔 마이크를 들어 말했다.

"저희가 늘 궁금해왔던 것이 있습니다. 방송에서는 해경이나 해군 뭐 잠수부들이 투입 되었다고 나가는데. 아무리 물살이 세고 캄캄하더라도 계속해서 수많은 잠수부들을. 맨 가운데 식당 칸에 있는 친구들 오락실에 있는 친구들을 구조해주시기 바랍니다. 1분 1초가 급합니다. 우리들은…."

남자는 이를 악물며 마이크를 잠시 내려놓더니 깊은 숨을 내쉬어 다시 마이크를 들어 말을 이었다.

"곁에만 머물지 말고 안으로 들어가서! 현장 안으로 들어가서! 그렇게 구조 작업을 했으면 좋겠습니다. 진짜, 구조 작업을 했으면 좋겠습니다."

그때.고개를 기울던 해원이 번쩍 손을 들었다. 대통령은 해원의 준수한 행동을 보며 해원에게 마이크를 건네줄 것을 지시했다. 검은 정장을 입은 남자는 마이크를 들고 다가와 해원에게 쥐어준다. 해원은 담담한 얼굴로 마이크를 들었다.

"대통령이란, 대통령이 국민의 생명과 재산을 지키는 최고의 컨트럴 타워 아닙니까?"

여자 대통령은 해원의 덤덤한 얼굴을 보며 희미하게 미소 지었다.

"맞습니다. 그것이 대통령입니다."

해원은 고개를 기울였다.

"지금 일어난 참사에 대해서 철저한 조사와 책임질 사람은 엄벌하도록 하…."

대통령은 급한 몸짓으로 마이크를 내려놓고 자리를 이동하려 단상에서 내려가고 있었다. 재영은 주먹을 꽉 움켜 쥔 채 말을 이었다.

"대통령이란 자리는 책임지는 자리이잖아요 판결하는 자리가 아니라!"

대통령은 헐레벌떡 체육관을 나가려 많은 사람들의 아우성 속에서 검은 정장을 입은 사람들에게 둘러 싸여 발걸음을 내딛었다. 주희는 해원이 너무 많은 힘을 준 탓에 부들거리며 떨고 있는 해원의 주먹을 잡았다. 해원은 자신의 떠는 주먹 위에 올려진 주희의 온기 있는 손을 느끼며 울컥, 북받쳐 오는 눈물을 삼키곤 말을 이었다.

"당신이 책임지고 구하겠다는 말은 왜 하지 않아요! 당신이라면 할 수 있잖아요! 할 수 있잖아요!!!"

20. 주제 (존재의 이유)

신이 있을까요? 정말 계실까요? 있다면 지금 무얼 하고 계세요? 우리가 뭘 잘 못 했나요? 있다면, 계시다면 뭐라 말 좀 해줘요. 있다면, 정말로 계시다면. 뭐라고 말 좀 해줘요. 살아 있는 거죠? 기적은, 곧 일어날 일을 말하는 거죠? 네?

중학교, 고등학교 때.
3년간 기르던 강아지가 있었다. 이름은 몽이었다.
몽이는 영리하고, 애교도 많고 나를 잘 따랐다.
그런데 단 한 가지.
대소변을 집 안에서는 절대 보지 않았다.
나는 학교 가기 전. 아침마다 아파트의 작은 공원에서 산책하고, 학교 끝나고 집으로 돌아오면 내가 오기까지 무지 기다렸다는 표정을 짓는 몽이가 안쓰러워,
다시 나가기를 오랜 시간 반복했다.
그런데 내가 다치고 나서. 시골에서 사는 교회 집사님 댁 마당이 있는 집으로 몽이를 분양해줬다. 언젠가. 몽이를 찾는 나로 인해, 잠시 몽이가 우리 집에 놀러 온 적이 있었다. 그런데. 나는 즐거운 약속이 있다며 집에 있는 엄마와 몽이를 두고 집을 나섰다. 나는 아직까지 몽이가 보고 싶다. 그렇지만 어쩐지, 나는 몽이가 그립다고 말할 만한 주제가 안 된다고 여기기도 한다. 몽이는 그 동안, 내 옆에서 잠들고 곤히 잠들어있는 내 얼굴을 핥으며 나를 깨우던 내 동생이었는데.
지금 다시 생각해보면 나는 그때, 집에 놀러온 몽이를 거들떠도 안 봤다.

왜 그랬을까, 왜 그랬던 것 일까.

중요하지 않았던 것이다.

그보다 더 중요하다 여기는 일을 위해 외면했던 것이다.

그러니 나는, 몽이의 주인 자격이 없다.

그래서 나는, 한 생명의 총책임자로서의 자격이 없다.

2011~2014 주희 노트 중에서

정부와 언론에서 공개한 탑승자의 수가 300명이였다가, 다시 500명 안팎으로 줄었다 늘었다 반복하면서 가족들의 어이없는 탄식이 흘러나오기를 반복했다. 그러나 그보다 더 중요한 것이 있었다. 우리들에게는 그것보다 더 중요한 마음이 있었다.

밤 새워 내 아이가 돌아오길. 우리 아들, 딸이 돌아오길. 엄마, 아빠, 삼촌이 돌아오길 기다리던 아이도, 사람들에게도. 다시 희망의 순간이 찾아왔다. '에어포켓에 공기 주입을 성공했다.'는 것. 칸막이도 없는 비좁은 체육관 안에서 뜬 눈으로 밤잠을 설치던 이들에게는 기적과도 같은 소식이었다. 밖으로 나올 수 있는 것이 시간이 걸리고 어렵더라도. 배 안, 그 먹먹한 곳에서 숨이라도 쉴 수 있으니까. 그렇게라도 살아있어 달라고 부탁하고 싶었으니까. 주희는 자신의 옆에서 내내 넋을 잃고 멍하니 정면만 응시하는 여자를 바라봤다. 해원이 가져다준 밥을 먹지 않은지 이틀이나 지났다. 주희는 어두운 얼굴로 초조해 보이는 여자의 찬 손을 잡았다. 어미의 간절한 마음을 잡았다. 여자는 물끄러미 자신의 손을 덮는 주희에 손을 바라보다 나지막이 물었다.

"재영이 여자 친구에요?"

주희는 슬픈 눈으로 죄스러운 마음에 고개를 낮췄다. 그런데 잠시 동안 아무 말이 없던 여자는 허탈하게 웃으며 말했다.

"재영이 친구는 해원이 밖에 몰라요. 재영이에 대해서 그 정도 밖에 몰라. 웃기지? 난 재영이 엄마인데요."

여자는 애써 웃는 얼굴로 다리를 끌어안아 조용하게 말했다. 어느새 지나온 시간들은 믿을 수 없이 여자의 죄를 묻고 있음을 끝내 여자는 눈물을 흘리며 실토했다.

"어릴 때 놀이동산 한 번 데려가지 않았어. 나는 엄마인데. 정말 엄마답지 못했어. 손톱만큼도."

여자는 치밀어오는 울분과 함께 자신의 가슴을 주먹으로 내리쳤다. 살아만 있어주면 됐다. 그가 원했던 그 모든 것들을 이제라도 다 해주고 싶었다. 그의 머리를 쓰다듬고 그를 가졌을 때의 이야기도 들려줘야 했다. 그가 세상에 나왔을 때 불러주던 자장가를 다시 들려줬어야 했다. 그의 몸을 안고 그의 마음을 안고 엄마가 많이 사랑한다고 말해야 했다. 여자는 꺽꺽 소리를 내며 눈물을 쏟아냈다. 미안하다고 말해야 했다. 나의 사랑, 내 삶의 전부인 너에게 주지 못한 마음들이 너무나 많아서 미안하다고. 엄마가 많이 미안하다고. 많이 사랑하고 있다고.

주희는 무거운 몸짓으로 멈출 줄 모르는 눈물을 흘리고 있는 여자의 몸을 안았다.

그녀의 몸은 너무나 약하고, 겁이 많음에도 불구하고 작고 약한 그녀의 품은 너무나 따뜻했다. 세상이 외면하더라도. 재영이 하나 만큼은 품을 수 있을 만큼 아늑했다. 그녀가 이 사실을 먼저 알았더라면. 용기 얻은 마음으로 그를 품을 수만 있었더라면. 주희는 그녀를 안은 채 고개를 숙였다. 꼭 살아줘. 꼭 다시 돌아와. 재영아. 주희는 흐르는 눈물을 닦아내며 안고 있던 여자에 곁에서 스르르 자신의 몸을 떼어냈다. 그러자 체육관 안에서 웅성웅성 소리가 들려왔다.

“사망자가 나왔데요.”

주희의 가슴이 철렁 내려앉았다. 여자는 흘러내리는 눈물을 닦을 새도 없이 자리에서 일어났다. 어두운 얼굴로 한 남자가 체육관 안에 종이 한 장을 붙였다. 여자와 주희는 딱딱하게 굳은 몸을 붙잡고 종이가 붙여 있는 벽으로 걸어갔다.

탑승자:476명.

구조자:172명.

실종자:286명

사망자:18명.

‘사망자’ 옆 칸. 18명의 이름들이 적혀져 있었다. 재영의 이름은 없었다. 주희는 자신도 모르게 불안한 얼굴로 낮은 숨을 내쉬었다. 명단에서 눈을 떼지 못하던 몇몇의 사람들은 순식간에 바닥에 주저앉아 통곡했다. 내 아이가 죽은 것이다. 내 딸이 죽은 것이다. 내 아들이 억울하게 바다 속에 갇혀 죽은 것이다. 나의 사랑이 나의 세상이 죽은 것이다. 주저앉아 막대한 눈물을 흘리던 사람들은 아이들의 이름을 부르며 통곡했다. 유독 음악을 좋아했던 우리 아들, 예쁜 하이힐을 디자인 하던 우리 딸, 선생님이 되고 싶다던 내 딸, 유독 사진 찍는 것을 좋아했던 내 딸, 그저 스무 살이 되면 가장 먼저 선거 투표를 하고 싶다던 내 딸이었다. 가족들은 찢어지는 가슴을 내리치며 억울한 울음을 터트렸다. 살아만 있어주길 바랬다. 나 단언컨대 내 아이만큼은 살아있겠지 믿었다. 바닥에 주저앉아 있던 남자는 무릎을 꿇으며 통곡했다. 아빠가, 아빠가 착각했나봐. 그곳은 너무나 춥고, 무서운데 아빠가 잘 몰랐었나봐. 남자의 찢어질 듯한 고함이 터져 나왔다. 미안해서. 정말, 미안해서. 내가 무능해서. 내가 할 수 있었던 것이 없어서. 체육관 중앙에 주저앉아 통곡을 하는 이들을 둘러싸고 있던 사람들은 숙연하게 두 손을 모아 작은 울음을 터트렸다. 아직 우리 아이는 주검으로 돌아오지 않는다는 것에… 그 작은 희망의 불씨를 잠재웠다. 내 아이는 혹시 살아있는 것이 아닐까 감히 안도하는 내색을 비추는 이들은 단 한 명도 없이 체육관 안에는 울화통 터지는 통곡과 함께 그 주변 침묵의 공기가 나란히 감싸 안았다.

나의 곁을 떠나, 죽음의 곁으로 간 나의 사랑. 나의 세상에게. 따뜻한 햇살이 닿기를 바랬다.

진도 팽목항.

해원은 불안한 얼굴로 손톱을 물어뜯으며 휴대폰 DMB에서 흘러나오는 '그네호 침몰'의 뉴스를 보고 있었다. 뉴스에는 엄청난 해군함과 몇 백 명의 잠수부와 해경이 구조 작업을 펼치는 중이라고 말했다. 그러나 정작 한없이 태평하기만 한 진도 팽목항. 해원은 낮은 욕설을 내뱉으며 채널을 돌렸다. 그러자 그네호의 침몰 이유가 봇물 터지듯 세어 나오고 있었다. 무리한 수직 증축, 무리한 화물 과적, 복원력 따위는 완벽하게 배재했던 부족한 수평수, 배아래 무게 중심에 일부였던 20톤짜리 철문을 떼어낸 대신 20톤 무게만큼 화물 담기. 미국, 중국 모든 나라들은 20년 된 배는 배의 수명을 다했다고 보고 가차없이 부순다. 그네호는 원래 일본에 19년 된 고물 배였는데 이 대통령 때 배의 운용기한을 20년에서 30년으로 늘린 탓에 헐값에 사들인 중고 배를 불법 (30초 만에 안전 검사를 통과했으니 불법이 아닐 수도 있다.) 개조해서 다시 만든 배가 '그네호'라는 것. 그 모든 짓들은 돈에 의한, 돈에 관한 일들이었는데. 그 짓에 주범인 그네호 선주에 대한 각종 비리 탈세 등 자본주의의 '돈'에 의한, '돈' 때문에 '그네호'라는 시한폭탄 배가 만들어졌고 정작 선원들에게 안전교육 한번하지 않았다는 막대한 돈을 들여 시한폭탄 배를 만들었으니 오죽하겠냐는 따위의 이야기가 흘러나왔다. 어처구니없는 사실을 본 해원은 머리를 짚으며 자리에서 일어났다. 그때 대통령이라는 여자는 유가족 대역을 써서 '보여주기 식'의 위로를 언론에 홍보 했다는 뉴스가 흘러나왔다. 그 동안 다른 곳에 시선을 둘 정신이 없어서 모를 수밖에 없었던. 그 정신없는 와중에 청와대는 가짜 조문 사진을 찍기 위해 그네호 침몰과 전혀 관련 없는 할머니를 동원했다는 뉴스를 보곤 해원은 허탈하게 웃었다. 이 땅을 밟고 서 있다는 사실이 이토록 굴욕적일 수가 없었다. 그러면서도 해원은 도무지 끝이 보이지 않는 바다를 바라봤다. 재영을 구할 수 있는 시간은 그리 길지 않다. 그런데도 허탈하게 미소 짓는 해원의 얼굴에서 투명한 눈물들이 긴 궤적을 흘리며 떨어져 내렸다. 그런데도 무능한 이 나라에게 부탁해야했다.

내 친구를 제발 살려달라고. 제발.

'한국의 교회가 함께 합니다' 천막 위에 큼지막하게 써져 있는 글. 문 목사님은 칫솔, 옷, 속옷 등 여러 생필품들을.24시간 사랑하는 이들이 돌아오길 기다리는 가족들에게 무료로 나눠주길 자청했다. 그밖에도 많은 시민들이 진도 팽목항의 자원봉사자로 나섰다. 안산에서 개인택시를 운전한다던 어떤 이는, 안산에서 진도까지 택시를 몰았고. 어떤 이는, 식사와 햄버거를, 어떤 이는 청소와 빨래를, 어떤 이는 시신을 닦았다. 그런데 시간이 지날수록 싸늘한 시신이 되어 돌아오는 이들이 점점 늘어가고만 있었다. 수학여행을 간다고 내내 기뻐했었던 아이였다. 제주도로 떠나는 가족들의 마음은 파란 하늘에 닿을 만큼 즐거웠다. 사랑하는 사람을 만나 더 없이 행복하다는 사람이었다. 그런데 이곳에서 네가 오기만을 기다리고 있는 우리의 곁으로. 신은 물에 불어 군데군데 찢어진 너를 보내주는구나. 나의 사랑, 나의 천체, 나의 태양을. 신은 결국 보호해주지 않았구나. 진도 팽목항. 가족들의 한 어린 오열은 팽목항을 뜨겁게 적시고 있었다. 그들은 자신의 가슴을 부여잡고 거대한 바다가 휘청거릴 만큼 울음을 터트렸다. 주희는 백 명의 실종자 수가 사망자로 바뀌어가는 과정을 지켜보며 눈을 감고 흐르는 눈물을 닦지 않았다. 살아 돌아오는 이가 네가 첫 번째이길 바라지도 않았다. 점차 점차 늘어나는 온기 없는 시신들을 보며 누구 한 명 살아서 돌아와 주길 바랐다. 그러면 너를 만났는지 묻고 너의 생사를 물을 이유가 없다고 생각했었다. 너는 반드시 돌아올 것이라고. 부질없게만 느껴지는 희망은 확신이 되었을 테니까. 정말 단 한 명이라도 살아 돌아왔더라면. 그럼에도 불구하고 아무도 우리의 곁으로 걸어오지 않아. 교복을 입은 채 다리가 찢어져 있는 아이도, 얼굴이 알아볼 수 없게 일그러진 사람도 굳어버린 몸으로. 우리의 곁으로 돌아와 재영아. 나는 너의 긴 다리로 네가 뛰어오는 모습을 보고 싶어. 너의 우스꽝스러운 웃음소리를 듣고 싶어. 제발 주희는 깨질 듯한 머리를 두 손으로 잡으며 바닥에 주저앉았다. 신이 있을까요? 정말 계실까요? 있다면 지금 무얼 하고 계세요? 우리가 뭘 잘 못

했나요? 있다면, 계시다면 뭐라 말 좀 해줘요. 있다면, 정말로 계시다면. 뭐라고 말 좀 해줘요. 살아 있는 거죠? 기적은 곧 일어날 일을 말하는 거죠? 네?

주희는 꽉 막혀버린 가슴을 쉬지 않고 내리쳤다. 이젠 재영이가 돌아오는 것이 '기적'이 되었다. 너를 돌려보내달라고 빌지 않으면 네가 돌아오지 못할 거라는 새빨간 의구심이 나를 찾아왔다. 주희는 빨개진 가슴을 개의치 않고 퍽퍽 소리가 날 만큼 두들겼다. 그런데 아스팔트 바닥에 주저앉아 하염없이 가슴을 내리치고 있는 주희의 손이 누군가의 힘 있는 제지로 인하여 멈춰졌다. 주희는 눈물을 흘리며 자신의 손목을 꽉 붙잡고 있는 여자를 바라봤다. 슬프게 우는 것과도 같은 얼굴을 하는 여자를.

"이러지 마세요. 희망을 잃지 마세요."

낮은 자세로 앉아 주희를 위로해 주던 여자는 슬픔만이 전부인 주희의 얼굴을 마주보며 끝내 작은 울음을 터트린다. 여자를 뒤따라온 사람들은 남녀노소 불구하고 주희의 곁으로 다가가 자세를 낮춰 앉는다. 그러자 맨 앞줄에 앉아 있던 남자가 두 손을 모아 기도를 시작했다.

"하늘에 계신 우리 아버지여. 당신의 깊은 가슴으로 내 아이를 구해주소서. 당신의 깊은 눈으로 나의 사랑을 봐주시고. 당신의 넓은 손으로 죄 없는 자들을 꺼내주시옵소서."

멍하니 고개를 숙여 앉아 있던 주희는 스르르 두 손을 모아, 이를 악물었다.

"저곳이 얼마나 어두운지 우리는 알지 못합니다. 저곳에 얼마나 많은 사람들이 빠져나오려 애를 쓰는지 우리는 알지 못합니다. 하지만 아버지는 아셔야 합니다! 나의 사랑, 이 세상을 살아가는 이유를 아버지가 구원해 주시옵소서! 이끌어주시옵소서!"

주희는 감은 눈으로 주체할 수 없는 눈물을 흘러내리며, 무릎을 꿇어앉았다. 조금 떨어진 곳에서 다른 목소리가 들려왔다.

"주님. 오늘 수많은 시민들이 이곳을 찾았어요. 모두다 주님을 찾고 있겠죠. 모두 다 같은 마음이겠죠. 주님. 배 안에서 돌아오는 이들은 모두들 누워서 우리의 곁으로 돌아와요. 정말 안아주고 싶었는데 이젠 그럴 수 없는 몸으로 돌아왔어요.

주님. 약한 생명을 돌봐주세요. 그 들에게 크나큰 힘을 주세요. 그 곳까지 우리의 기도가 닿을 수 있도록 해주세요. 네가 돌아오길 바란다고. 기다리고 있다고 전해주세요. 너를 있는 힘껏 안아주고 싶다고 전해주세요. 꼭 전해주세요."

21. 물음표

지금 네가 있는 곳은. 나는 상상조차 할 수 없을 만큼 어둡다는 것을 안다. 놀이동산에 홀로 버려진 소년 보다 더 무섭다는 것도 안다. 끝내는 너의 살점 없이 부러진 뼈를 보며, 너인지 알아보지도 못하는 형체로 나올 것이라는 것도. 이젠 안다. 그렇다 해도. 주희는 바다 바람에 긴 머리칼이 휘날리는 채 눈을 감았다. 너는 언제나 살아있다. 여기 비좁은 내 가슴 속에.

모두가 행복할 수 없을까요

불행한 사람을 위해 최선을 다할 수는 없을까요

사랑이 가득한 나라가 될 순 없을까요

돈으로 이 모든 것들을 살 수 있을까요

무엇 때문에 돈이 있을까요.

2011~2014 주희 노트 중에서

그 후. (아직, 끝나지 않은 일)

진도 팽목항. 빼곡하게 묶여진 수 만 개의 노란 리본들이 거대한 바다가 무색할 만큼 꿋꿋이 바람에 휘날리고 있었다. '너를 기다리고 있어.' 수 만 명의 마음은 전부 다 같은 색, 같은 마음이었다. 그러나 형체를 알아볼 수 없을 만큼 훼손되어 돌아오는 시신 앞에 눈을 감았어도 돌아만 와 달라 희망하던 가족들은 끝내 오열했다. 끝끝내 견뎌온 마음이 한 순간에 바닥 끝으로 추락하는 순간이었다. 훼손된 시신을 닦는 봉사를 하는 남자는 경건한 마음으로 시신 앞에 섰다. 선뜻 진도 팽목항으로 향했던 남자가 하는 일은 본래 평범한 직장인이었다. 남자는 축 늘어져 있는 시신을 살폈다. 물에 분 몸 구석구석 살점이 뜯겨져나가고 물속에서 필사적으로 발버둥을 쳤는지 손톱은 없었다. 남자는 안경을 벗어 바닥에 내려놓고 두 손을 모았다. 남자는 떨리는 입술을 깨물었다. 풍선처럼 부푼 시신이 무서워서는 아니었다. 영혼이 죽은 시신은 어른을 한 없이 부끄럽게 했다. 남자는 긴 숨을 내쉬었다.

"미안합니다. 지켜주지 못해서. 미안합니다."

진도 체육관.

돌아오지 않는 이들은 10명이었다. 살아서도 눈을 감아서도. 주희는 멍한 얼굴로 누인 몸을 일으켜 앉았다. 재영이를 기다렸던 시간을 굳이 세워보지 않았지만. 봄이 지나고 여름이 왔다는 것은 알 수 있었다. 너와 함께 그 많던 희망은 지나갔고, 더 이상의 슬픔도 그리움도. 더 이상 허락되지 않은 것 만 같았다. 내게, 네게. 더 이상의 시간은 주어지지 않았다. 주희는 마른 얼굴을 매만졌다. 그러면서도 나는 널 떠나보내지 못 했다. 주희는 힘없는 얼굴로 고개를 숙였다. 네가 돌아오지도 않았으니까. 주희는 표정 없는 얼굴로. 조금은 넉넉해진 체육관을 살폈다. 며칠 전만 해도 죽기 살기로 바다에 뛰어들려던 해원의 모습이 보이지 않았다. 주희는 가라앉은 얼굴로 긴 머리칼을 묶었다. 대통령은 그네호가 침몰한 뒤, 너무나 큰 잘못을 한 해경을 해체하겠다고 발표하고 정말 구조 작업을 하는 중인 해경들을 해체시켰다. 주희는 흘러내린 머리칼을 귀 뒤로 넘겼다. 미친 여자라고 확신했다.

"첫날 에어 포켓에 공기 주입을 성공했다는… 그거요?"

주희와 조금 떨어진 곳에서 힘없는 목소리가 들려왔다. 주희는 고개를 돌렸다.

"처음부터 에어 포켓은 없었대요. 우리가 항의하니까… 결국 보라는 식으로 넣은 건 공업용 오일이었대요."

힘없이 말을 뱉는 남자를 납득이 안 간다는 얼굴로 바라보던 남자가 말했다.

"해군과 해경청장이 모두 있었잖아요. 그 때 총리도 있었잖아요."

남자는 희미하게 웃었다.

"그렇지. 전부 다 쇼를 했던 거야."

"그게… 그 새끼들이 사람이래요? 지네는 자식도 없대요?"

남자는 울컥 눈시울을 붉히는 남자를 바라보며 슬프고도 아련한 미소를 지었다.

"자동차 배기가스를 마신 애들 보고 살아 돌아와 달라고 부탁했으니. 난 정말 멍청했지. 그러고도 아무것도 해줄 수 없으니. 진짜 최악이네요. 아빠들."

주희는 입을 틀어막았다. 어떻게 이럴 수 있을까. 나는 그 동안 무엇을 보고, 무엇을 들었던 것일까. 무엇을 믿고, 무엇을 바랬던 것일까. 재영아. 주희는 터져버릴 것 같은 가슴을 매만지며 무릎을 굽혔다. 심호흡을 해야 했다. 이대로 과호흡이라도 오다간 영영 정신을 잃을 것만 같았다. 주희는 가슴을 부여잡은 채 작게 웃었다. 어쩌면 그 편이 더 낳을 수도 있다고 생각했다. 그런데 무릎을 꿇어 앉아 있던 주희의 어깨를 짚으며 한 남자가 말했다.

"교육부 장관이 오십니다. 예의를 갖추세요."

남자는 손을 떼어내며 황급히 발걸음을 옮긴다. 주희는 멍하니 고개를 들었다. 화도 안 나고, 우습지도 않고, 아무런 감정이 동요되지 않았다. 그저 낮게 '병신.' 한 것도 같았다. 얼마 지나지 않아 교육부 장관이 체육관 안으로 들어왔다. 검은 정장을 입은 몇 명의 수행원들이 그의 뒤를 따랐다. 장관은 남아있는 가족들을 휘휘 둘러보곤 수행원 중 한 명을 불러 무언가를 지시하며 의료용 의자와 탁자 앞에 앉는다.

호흡을 가다듬은 주희는 천천히 두 다리를 끌어안고 그를 바라봤다. 눈시울이 붉게 물든 가족들도 그를 바라보고 있었다. 한참 동안이나 교육부 장관을 바라보던 주희의 얼굴에 길게 늘어진 입가를 타고 느리게 흐르는 눈물. 주희는 수많은 눈물들이 흘러내리는 것에 아랑곳 하지 않고 바라봤다. 자신의 수행원들과 의료용 탁자에 놓인 컵라면을 후후 불어 먹고 있는 교육부 장관을.

이후에 그 장관이 한 말 중 가장 큰 진실은
'김치는 없었다.' 는 것이었다.

*

내 뜻대로든 내 뜻이 아니든 나는 좋아하는 마음을 잃어본 적 있다. 나는 용기 내어 가진 마음을 잃지 않으려 애쓰고 애쓰다, 결국 더 이상 좋아하지 않게 되었던 경우가 있다. 차원이 다른 마음을 잃는 것. 좋아하는 것을 더 이상 좋아하지 않게 되는 것.

언제부터인가 나는 그것에 대해 조금씩 무뎌지고 의연해져 갔다. 그런데 사랑을 잃는 것은 다르다는 것을. 내 가슴 한 가운데를 토막 내 도려내는 것은 다르다는 것을. 나는 정말 몰랐다. 너처럼 따뜻한 이를 만나본 적 없다. 너처럼 상처받을까 전전긍긍 하지 않고 그저 네 마음을 말하는 것. 그 일을 결코 대단히 여기지 않는 이를 본 적 없다. 주희는 감은 눈으로 느리게 흘러내리는 눈물을 닦아내며 두 눈을 떴다. 높은 하늘만큼 푸르른 바다가 주희의 눈앞을 가렸다.

지금 네가 있는 곳은 나는 상상조차 할 수 없을 만큼 어둡다는 것을 안다. 놀이동산에 홀로 버려진 소년 보다 더 무섭다는 것도 안다. 끝내는 너의 살점 없이 부러진 뼈를 보며 너인지 알아보지도 못하는 형체로 나올 것이라는 것도. 이젠 안다. 그렇다 해도 주희는 바다 바람에 긴 머리칼이 휘날리는 채 눈을 감았다. 너는 언제나 살아있다. 여기 비좁은 내 가슴 속에 더 이상 가치 없는 땅덩어리를 밟아가며 살아간다고 해도 그래서 세상이 무섭고, 우습고, 불쌍하다고 치부해 버릴 때에도 너로 인해 나는 또 다시 살아가겠지. 너의 우스꽝스러운 웃음소리를 생각하며 웃을 수 있겠지. 네가 있어 나의 하루는 또 특별해지겠지.

네가 내 가슴 속에 있어, 기어코 살아가겠지. 나는.

꿈

흐르는 강물을 따라간다고 세월이 흐르는 것은 아니듯이.

나이를 계속해서 먹어간다고 성숙이 보장되는 것은 아니듯이.

거친 삶을 꽤 오랫동안 살아왔다고 무뎌지는 것은 아니란다.

더 나은 삶과 덜 아픈 삶을 살기 위해

우리는 괜찮아지는 법을 배우는 거야.

그것을 누군가는 희망이라 말하고

또 다른 누군가는 소원이라 말하고

나는 그것을 꿈이라고 해.

2011~2014 주희 노트 중에서

에필로그
다른 차원으로 가는 문

깊이 주목하던 사람들은, 너나 할 것 없이 짧은 야유 소리를 내며 조금 가까이 내밀었던 몸을 뒤로했다. 그때. 주희는 작게 속삭이는 듯 말했다. 마치, 비밀을 얘기하는 것처럼. "주문을 알아. 그 문을 만날 수 있는 주문을." 조금 소란스럽던 복도는. 다시 고요함을 되찾으며, 재영마저 고개를 돌리게 할 만큼 모든 사람들의 이목을 집중시켰다. 마주 보며 앉아 있던 학생이 물었다.

"뭔데요?"

(우리의 마음을 들어요.)

in the distance_ Hansol / Repetition _ Hansol

사랑하는 사람아.

조금만 더 견뎌줘 조금만 더 애써주면 돼

정말, 그거면 돼.

나의 마음이

거기 검은 바다 속만큼 까마득하진 않겠지.

거기 그 곳만큼 무섭지는 않겠지.

하지만 우리에겐 희망이 있어

너를 만나 너와 함께 그저 살아가고 싶은.

우리에겐 못다 전한 말이 있어

밤 새워 얘기해도 모자랄 만큼, 너를.

희망은 부질없다 말하는 이를 때려죽이고도 용서할 만큼,

너를.사랑하고 있어.

얼굴이 벌겋게 달아오른 주희는 손에 든 캔 맥주를 바닥에 내려놓았다. 주희를 마주 보며 앉아 있던 남학생은 주희에게 재촉하며 물었다.

"그래서 그 방법이 뭔데요? 다른 차원의 세계로 가는 방법이요?"

남학생 옆에 나란히 무리를 지어 앉은 여학생들마저 내심 궁금해왔다는 듯 주희를 지긋이 바라봤다. 주희는 다리를 끌어안았다.

"그 방법은 아직까지 알려지지 않았대. 그 곳으로 들어가는 문이 있다고는 들었어. 근데."

말끝을 흐리며 자신을 계속해서 주시하고 있는 아이들과 조금 먼 곳에 자리 잡아 앉아 있는 사람들을 보곤 주희는 천천히 입을 열었다.

"간절히 바라면, 그 문을 열어서 들어갈 수도 있대. 다른 차원의 세계로."

관중을 압도하며 말하는 주희를 보며 마주 앉아 있던 남학생은 고개를 갸우뚱하곤 물었다.

"그런데 그건 어떻게 알아요? 아직 방법은 알려지지 않았다면서요."

남학생이 의문을 제시하자 곧이어 다른 사람들마저 주희의 대답을 주목 하려는 듯. 그녀의 입이 열리길 기다렸다. 주희는 옆에 앉아 피식거리는 재영을 바라보곤 고개를 돌려 볼을 긁적이며 말했다.

"그건… 영혼이 맑으면 알 수 있어."

깊이 주목하던 사람들은 너나 할 것 없이 짧은 야유 소리를 내며 조금 가까이 내밀었던 몸을 뒤로했다. 그때 주희는 작게 속삭이는 듯 말했다. 마치, 비밀을 얘기하는 것처럼.

"주문을 알아. 그 문을 만날 수 있는 주문을."

조금 소란스럽던 복도는 다시 고요함을 되찾으며 재영마저 고개를 돌리게 할 만큼 모든 사람들의 이목을 집중시켰다. 마주 보며 앉아 있던 학생이 물었다.

"뭔데요?"

주희는 꿈을 꾸는 듯한 얼굴로 말했다.

"사랑하는 사람들의 이름을 부르는 거야.

그리곤, 말하는 거야."

나는 다른 차원의 세계로 가요.

그곳은 고요한 숲 속을 닮은 곳이에요.

평화롭고, 아늑하죠.

서로 다른 세계 속에 머물러 있지만.

우리 서로 잊지 않기로 해요.

언젠가, 또 다른 세계에서 만나기로 해요.

2011~2014 주희 노트 중에서

우리가 잊지 말아야 할 것은.

인간이길 포기한 자가 선장이라는 것이 아니라

비겁한 정부가 아니라, 무능력한 해경이 아니라

이 나라 국민의 안전을 책임지고 있는

모든 기관들의 무책임이 아니라.

죄 없는 몇 백 명의 국민들의 죽어도

몇 만 명의 국민들이 아우성을 쳐도

이 나라는

꿈속에서 깨어난 듯 돌아가고 있다는 것이다.

아무 해결도, 아무런 결과도 없이.

이 나라는 끈임 없이 돌아가고 있다는 것이다.

그리고 우리들은

이런 나라의 국민으로 살아간다는 것이다.

2011~2014 주희 노트 중에서

작가의 말

주위를 둘러보는 일을 잠시 잊고 있었다.
엄마도 아빠도 언니도

어느 날
모두 다 혼자만의 슬픔 속에서 버거워하고 있었다.

그런데 공통점이 있었다.
모두 다 말을 하지 않는다는 것이었다.

우리는 알고 있었다.
내가 버거워하는 나의 슬픔은 함께할 수 없다는 것을.

단 한 가지.
나 혼자만 아는 사실이 있었다.

오늘도 밤늦게 돌아오는 아빠를 기다리며
외로이 짙은 밤을 보내는 엄마에게, 조용하게 말하기.

지친 몸을 이끌고 집으로 돌아온
아빠의 가라앉은 뒷모습에 조용히, 넌지시 말하기.

무슨 일이 또 있었는지
툴툴거리며 자기 방으로 들어가 문을 잠그는 언니에게.

좋은 꿈 꿔.

사랑해.

8월 05일. (Feel Alright _ 짙은)